insel taschenbuch 4319

Aude Le Corff

Bäume reisen nachts

Bitte schreiben Sie uns
Ihre Meinung per E-Mail an
leseexemplar@suhrkamp.de
oder per Post an den
Insel Verlag
Pappelallee 78-79
10437 Berlin

Sie sind damit einverstanden,
dass Ihre Meinung ggf. zitiert wird.

LESEEXEMPLAR
Bitte keine Rezensionen vor dem
8. März 2014

Aude Le Corff

Bäume reisen nachts

Roman

Aus dem Französischen von Claudia Steinitz

Insel Verlag

Die Originalausgabe erschien 2013 unter dem Titel
Les arbres voyagent la nuit
bei Éditions Stock.

Erste Auflage 2014
insel taschenbuch 4319
Deutsche Erstausgabe

Zitatnachweise am Schluss des Bandes
Vertrieb durch den Suhrkamp Taschenbuch Verlag
Umschlaggestaltung: glanegger.com, München
Satz: Hümmer GmbH, Waldbüttelbrunn
Druck: CPI – Ebner & Spiegel, Ulm
Printed in Germany
ISBN 978-3-458-36019-3

Bäume reisen nachts

Für Charles
Für Martine

1

Die Wohnungstür fällt lauter ins Schloss als beabsichtigt. Manon bleibt reglos in der Diele stehen und lauscht. Obwohl sie den Fernseher nicht hört, weiß sie, dass ihr Vater im Wohnzimmer ist.

Sie passt auf, dass sie nicht auf die Parkettfugen tritt, und stellt ihre Ballerinas ganz gerade nebeneinander unter die Garderobe. An der Wand hängt das Aquarell eines einsamen Seglers auf ölglattem Meer. Auf einer Konsole trocknen Blumen in einer Vase vor sich hin, deren Wasser schon lange verdampft ist. Ihre verblassten Blütenblätter zerfallen im Staub.

Jeden Nachmittag betritt Manon nach der Schule zur selben Zeit dieselben Zimmer in derselben Reihenfolge.

Sie geht ins Wohnzimmer und stellt sich hinter ihren Vater, der zusammengesunken in seinem Ledersessel sitzt. Inzwischen hat sie sich daran gewöhnt, dass er kaum eine Regung zeigt und weiter auf das iPhone auf dem Fußboden starrt.

Die gerade, kräftige Birke vor dem Fenster lässt den unrasierten Mann noch niedergeschlagener erscheinen. Manon hüstelt halbherzig, um auf sich aufmerksam zu machen, auch wenn sie weiß, dass es eigentlich nichts nützt: Seit vier Monaten interessiert er sich nicht mehr für sie.

Als er sie endlich bemerkt, steht er schwerfällig auf und küsst sie auf die Stirn.

»Geht's gut?«, fragt er müde. Manon nickt, aber er hat sie schon wieder vergessen, sucht die Fernbedienung und macht keine Anstalten, ihr Gespräch fortzusetzen.

Das Mädchen steigt über die leeren Bierflaschen neben dem Sessel hinweg, geht zum Tisch und kontrolliert den Computer, wie eine Krankenschwester den Puls des Patienten. An manchen Tagen vergisst er zu essen und zu arbeiten.

Der Computer ist auf Standby geschaltet. Nach kurzem Zögern berührt sie eine Taste. Auf dem Monitor erscheint ein Foto: Ihre Mutter mit offenem Haar, wie sie barfuß über einen Strand läuft. Manon hat ihr angedeutetes Lächeln so lange erforscht, dass es jeden Sinn verloren hat: Sie sieht nicht fröhlich aus, eher ein bisschen traurig, vielleicht zwingt sie sich sogar zu lächeln.

Sie dreht sich wieder zu ihrem Vater um, der inzwischen den Fernseher angemacht hat. Er zappt von einem Kanal zum nächsten, das kann noch lange so weitergehen.

»Mach deine Hausaufgaben«, brummt er gereizt.

Manon geht zum Zimmer der Eltern. Sie öffnet die Tür, die über den weißen Teppich schabt, jeden Tag mit der Hoffnung, ihre Mutter zu sehen. Die aber hat nur einen Stapel Bücher und ein Armband auf dem Nachttisch zurückgelassen.

Sie darf auf keinen Fall nachlässig werden. Ihre Mutter kommt nur dann zurück, wenn Manon bestimmte Aufgaben gewissenhaft erfüllt:

– Auf der Straße *niemals, nicht mal mit der Fußspitze, auf die Fugen zwischen den Steinplatten treten.* Mittlerweile beherrscht sie es meisterhaft, die Fugen zu meiden und trotzdem schnell zu laufen.

– Im Garten *den Katzen zweimal über den Kopf, dann fünfmal über den Rücken streichen, ohne die Reihenfolge durcheinanderzubringen.* Wenn sie schnurren, ist es ein sehr gutes Zeichen.

Es dauert länger als vorgesehen, vielleicht war sie nicht sorgfältig genug, vor allem am Anfang.

Manon macht die Tür wieder zu.

Dann läuft sie den Flur entlang, der so düster ist wie ein Wald in der Dämmerung. Draußen scheint die Sonne, aber sie muss in ihrem Zimmer Licht machen, um überhaupt etwas zu erkennen. Die Fensterläden sind verschlossen. Niemand hat während ihres Schultags das Zimmer gelüftet. Das Bett ist ungemacht. Auf dem Teppich steht eine halbleere Flasche Milch, Manon hat am Vortag vergessen, sie in den Kühlschrank zurückzustellen.

Sie legt ihre Schultasche auf einen riesigen Sitzsack, öffnet mit gerunzelter Stirn eine Schreibtischschublade und betrachtet den Brief mit der vertrauten Handschrift. Sie muss sich überzeugen, dass er da ist, zögert aber, ihn in die Hand zu nehmen. Weil sie ihn wieder und wieder gelesen hat, verzerren sich die Wörter und verblassen.

Doch selbst wenn sie verschwinden würden, wüsste Manon sie auswendig. Jeden Abend presst sie das blaue Tuch an sich und wiederholt sie beim Einschlafen. Um die Wölfe zu täuschen, die im Zimmer lauern, verkriecht sie sich unter der Decke. Dort bekommt sie kaum Luft und es ist heiß, aber sie hat keine Wahl: Funkelnde gelbe Augen kreisen um ihr Bett. Wenn sie die Lider schließt, steigt sie über Millionen Fugen auf Himmelsbürgersteigen, ohne sie zu streifen. Und endlich verschlingt die Nacht die Wölfe, die schwebenden Fugen und die gewissenhaft gestreichelten Katzen.

Manon hat Hunger, aber es ist nichts zu essen da. Ihr Blick gleitet über die Bücherregale, den staubigen Schreibtisch, die Pferdeplakate.

Sie erstickt in der Wohnung, hier kann sie keine Hausaufgaben machen. Deshalb greift sie wie jeden Abend nach einem Buch und steckt das duftende Tuch, das ihre Mutter vor Monaten in der Diele zurückgelassen hat, unter ihr T-Shirt.

Ohne ihrem Vater Bescheid zu sagen, geht sie in den Garten. Er hört sie hinausgehen, reagiert aber nicht.

2

Es gab eine Zeit, da kam Anatole pfeifend zu Fuß oder auf dem Fahrrad die Straße herauf. Heute wirkt sie auf ihn wie ein mit Steinen und Wurzeln übersäter Hochgebirgsweg. Er schimpft über die von gelben Mülltonnen blockierten engen Bürgersteige. Vor jedem Hindernis wirft er wütende Blicke nach links und rechts, sucht vergeblich einen Nachbarn oder Passanten, mit dem er seinen Ärger teilen könnte. Aber schon lange interessiert sich niemand mehr für ihn.

Anatole tritt auf Magnolienblätter. Die Straße gleicht einem Weg ins Paradies, offenbar hat sich alles verbündet, um ihn dorthin zu verfrachten. Denn sind die großen Blütenblätter einmal zu Boden gefallen, faulen sie rasch und sind so heimtückisch wie Bananenschalen.

Um ihm den Gnadenstoß zu versetzen, dröhnt aus einem Haus mit offenen Fenstern Musik von Geisteskranken. Die Wände mit dem rissigen hellen Putz sind von wildem Wein überwuchert. Ein junger Mann mit ungekämmter brauner Mähne lehnt am Fenster und nickt rhythmisch mit dem Kopf. Er folgt Anatole mit den Augen, zieht noch einmal kräftig an seiner Zigarette und schnipst sie ihm vor die Füße. Furchtbar, diese Alten, die pausenlos rumjammern! Jetzt, wo sie ihr Stück vom Kuchen gehabt haben, tun sie so, als würde alles Lebendige sie zur Verzweiflung treiben, sogar ein Schmetterling, der ihren Weg zu kreuzen wagt.

Anatole verzieht das Gesicht. Schon der unverschämte Blick dieses Drogensüchtigen hatte ihn gereizt, und die Kippe, die er wie eine Granate auf ihn abgefeuert hat, weckt pure Mordlust. Wenn er noch vierzig wäre und die entsprechende Kraft hätte, würde er den Bengel Respekt vor dem Alter lehren. Heute ist er dazu nicht mehr imstande. Der Haufen sterbender Zellen, den er mühevoll herumschleppt, ist so schlecht in Form, dass ihn schon der kleinste Schubser ins Jenseits befördern würde.

Der Aufstieg von der Bäckerei zu seinem Haus lässt ihm jeden Tag genug Zeit zu grübeln und sich über den allgemeinen Verfall aufzuregen.

Wer ihn für verbittert hält, irrt. Er sieht die Dinge einfach so, wie sie sind. Weil er zum Alleinsein verurteilt ist, verflucht er die Leute, die auf ihren freiwilligen Individualismus auch noch stolz zu sein scheinen.

Sein Leben liegt hinter ihm. Er hat es den anderen gewidmet, um selbst zusammengeschrumpft und runzlig zu enden, ausgestoßen von der Gesellschaft, die ihn nur noch als Last ansieht.

Was nützt ihm ein Leben ohne Ziele und Pläne, das mühsam und freudlos geworden ist? Die ständige Rennerei zu Physiotherapeuten und Ärzten, um für ein paar Minuten den Schmerz zu lindern, aber auch, um gelegentlich eine flüchtige Berührung auf seinem Körper zu spüren? Die Demütigung der erschlaffenden Schließmuskeln, die ersten Pannen in der Öffentlichkeit, wenn man die Augen vor den amüsierten Passanten senkt, denen nicht bewusst ist, dass sie auch bald an der Reihe sein werden?

Endlich zuhause. Was ein angenehmer Spaziergang mit einem Besuch beim Bäcker werden sollte, war heute ein Gewaltmarsch. Die Tage, an denen er seinen hageren Körper nur mit großer Mühe bewegen kann, werden immer häufiger. Mit dem frischen Baguette und der Zeitung unter dem Arm betritt er den Garten vor dem Mehrfamilienhaus und streift die duftenden Blätter einer Kletterrose. Eine weiße Katze rekelt sich im Gras und hebt gemächlich den Kopf, als er vorbeigeht. Sie schnuppert die warme Luft und lauscht, geblendet von der Sonne, seinen Schritten.

Anatole folgt dem mit grauen Schieferplatten gepflasterten Weg.

Unter der Birke sitzt ein Mädchen an den Stamm gelehnt und liest so vertieft in einem Kinderbuch, dass es ihn nicht bemerkt.

Jeden Tag fragt sich Anatole, was sie dort unter der Birke tut. Woran denkt sie, wenn sie selbstversunken vor und zurück schaukelt? Was erzählt sie den Ameisen mit so betrübter Miene? Und was lockt die Katzen zu ihr? Spüren sie ihre offensichtliche Traurigkeit?

Ein seltsames Mädchen. Ihre einzigen Freunde sind Katzen, Ameisen und Bücher. Nie lacht sie. Die Kleine ist viel zu ernst. Dass ein klappriger Alter wie er seine Tage mit Lesen und Grübeln verbringt, kann man ja verstehen, aber bei ihr ist es pure Zeitverschwendung.

Er öffnet die Haustür, ohne einen letzten Blick auf Manon zu wagen, die jetzt ihn beobachtet.

3

Sophie öffnet die Balkontür, um zu lüften. Sie hat heute viel zu viel geraucht, überall stinkt es nach kaltem Tabak. Draußen streicht eine Brise über ihr Gesicht und besänftigt sie ein bisschen. Ihr Blick fällt auf die Birke vor dem Haus. Sie ist riesig, aus der dritten Etage könnte man beinahe ihre Äste berühren, der Wipfel ist noch höher.

Sie lehnt sich auf die Brüstung und betrachtet die vielen weißen Streifen am Himmel. Vor fünfzehn Jahren hatte sie ihre Diplomarbeit diesem Thema gewidmet: Hundert Seiten über die Kondensation des Wasserdampfs, den die Flugzeuge in großer Höhe ausstoßen. Die Streifen verschwinden durch *Sublimation.* Sophie mag dieses Wort, es bringt einen Hauch von Poesie in das wissenschaftliche Thema.

Dann richtet sich ihre Aufmerksamkeit auf die vertraute Gestalt am Fuß des Baums. Sophies Gesicht verfinstert sich. Wie lange soll das noch so gehen? Da kann Pierre sie auch gleich draußen schlafen lassen!

Sie zieht sich ins Wohnzimmer zurück, damit das Mädchen sie nicht bemerkt. Fast scheint es, als zeigte die Birke mit ihrem Ast anklagend auf sie.

Ihre Beine zittern, und sie ärgert sich über ihre eigene Feigheit. Zur Beruhigung zündet sie sich die nächste Zigarette an und läuft durch die Rauchschwaden im Zimmer auf und ab. Am liebsten würde sie eine Etage runterrennen und Manons Vater schütteln, aber ihre Besuche sind bisher wirkungslos geblieben. Vergebliche Liebesmüh. Pierre hört und sieht nichts mehr: Er ist wie aus der Welt gefallen.

Sophie lässt sich seufzend ins Sofa sinken. Die Kippe landet in dem Aschenbecher aus Salzteig, den ihr Manon zu Weihnachten geschenkt hat. Mit dem Absatz schiebt sie das Schminktäschchen und die Zeitschriften auf dem niedrigen Tisch beiseite, um ihre nackten Füße darauf abzulegen und bequemer nachdenken zu können.

Im Grunde war der Umzug aus der kleinen Wohnung neben der Kathedrale hierher eine der schlechtesten Entscheidungen ihres Lebens.

Als die helle Dreizimmerwohnung im Haus ihrer Schwester Anaïs, Manons Mutter, frei wurde, hatte sie die Gelegenheit beim Schopfe gepackt. Die fröhliche Stimmung während ihres Einzugs kommt ihr im Rückblick unwirklich vor. Manon war gerade in den Kindergarten gekommen. Sie sang vor sich hin, versteckte sich in den großen Kartons und jubelte vor Freude, wenn Sophie sie mit gespieltem Schreck entdeckte. Pierre neckte sie, während er ihre Schildkrötensammlung auf dem Kaminsims aufbaute. Ihre Schwester montierte Lampen, räumte Bücher in die Regale und stibitzte sich eine Zigarette. Sie freute sich, dass Sophie wieder Tür an Tür mit ihr lebte.

Das ist nun fünf Jahre her. Gefangen in ihrer hellhörigen Wohnung hat Sophie seither viel mitbekommen, ist immer tiefer in ihr Sofa gesunken und hat die Fernbedienung strapaziert, um die vertrauten Stimmen zu übertönen. Manchmal wurde ihr übel von dem unerträglichen Gefühl, erneut ihre Kindheit zu durchleben. Wenn sie Pierre am nächsten Tag im Treppenhaus traf, lächelten sie einander gequält an und wechselten ein paar Worte über das Wetter.

Dann saßen die Schwestern mit einem Kaffee bei der einen oder der anderen, und Sophie tröstete Anaïs, indem sie ihre Geschichten über all jene Frauen anhörte, die ihre Kinder nicht während der Schwangerschaft verloren hatten. Anaïs klammerte sich an diese Hoffnung, denn sie war besessen von dem Gedanken an ein zweites Kind.

Als Sophie wieder auf dem Balkon steht und auf den über ein Buch gebeugten Kopf starrt, erinnert sie sich an die ersten Tage nach dem Verschwinden ihrer Schwester.

Sophie läuft schnell, sie ist zu dünn angezogen und halb erfroren, als wollte sie sich für etwas bestrafen, als wollte sie mit dem Winter verschmelzen. Ein paar Flocken fallen auf ihr Gesicht. Die Welt gleicht einem seltsamen Universum aus weißen Dächern und Bäumen, in dem Leute unter dicken Kapuzen verborgen über vereiste Bürgersteige schlittern. Der Schnee erstickt den Verkehrslärm, Sophies Atem bildet eine Dampfwolke. Sie eilt durch die Straßen und hofft, dass die Kälte ihre Sorgen betäubt.

Im Park, der wegen Rutschgefahr geschlossen bleibt, ist der Teich zugefroren. Kinder beobachten durch die Gitter, wie Schwäne versuchen, auf dem Eis das Gleichgewicht zu halten. Ihr hilfloses Watscheln löst Lachsalven aus, die in Sophies Ohren unangenehm dröhnen. Jede Freudenbekundung ist ihr zuwider, die weiß getünchte Welt ein krasser Gegensatz zur Dunkelheit ihrer Gedanken.

Mit einer Zigarette in der zitternden Hand gelangt Sophie zur Place Général-Mellinet. Stalaktiten wachsen unter dem ausgestreckten Arm der großen, mit Eis überzogenen Statue, die unbeeindruckt (der General hat während der napoleonischen Kriege ganz andere Schneemassen gesehen) mit dem Finger in die Ferne zeigt.

Sophie beschließt, nach Manon zu sehen. Seit die Kleine und ihr Vater vor drei Tagen die Briefe von Anaïs gefunden haben, verkriechen sie sich in ihrer Wohnung und haben jede Verbindung zur Außenwelt abgebrochen.

Als sie das Foyer betritt, tauen ihre eisigen Hände prickelnd auf. Sophie geht die zwei Etagen zu Fuß. Sie klingelt einmal, zweimal, dreimal. Keine Reaktion. Dann öffnet sie die Tür mit ihrem eigenen Schlüssel.

Niemand im Wohnzimmer. Auf dem Tisch stehen Teller mit vertrockneten Ketchupnudeln, eine Tasse mit einem Rest Kakao, leere Bierflaschen.

 Manon und Pierre sind in ihren Zimmern.

Sophie begrüßt ihren Schwager durch die Tür hindurch. Mit Grabesstimme erklärt er, er werde gleich aufstehen. Aber nichts geschieht.

Nachdem sie angeklopft hat, tritt sie vorsichtig in Manons Zimmer. Die Kleine liegt unter der Bettdecke, ihr Kopf ist in ein blaues Tuch gehüllt. Unter dem Kopfkissen sieht ein Brief hervor.

Das Tageslicht wird von den Fensterläden gedämpft. Draußen fallen wieder Flocken, der Schnee liegt schwer auf der Birke. Manon reagiert nicht, als Sophie hereinkommt, und rührt sich auch nicht, als sie ihre bemüht fröhliche Stimme erkennt.

Ganz vorsichtig zieht Sophie an einer Ecke des Tuches. Mit einem Seufzer dreht sich Manon zur Wand. Ihr Haar wird schon etwas fettig.

Als Sophie sie leise fragt, wie es ihr gehe, antwortet sie mit erstickter Stimme: »Geh weg!« Sophie gibt sich nicht geschlagen und legt die Hand auf die Decke, unter der sich Manons Arm sofort verkrampft: »Wollen wir uns nicht unterhalten?« Manon antwortet scharf: »Bloß nicht! Lass uns in Ruhe, wir brauchen dich nicht.«

Sophie erstarrt. Noch nie hat Manon ihr solche Ablehnung entgegengebracht. Das dünne Stimmchen fordert mehr, als es fragt: »Gehst du jetzt endlich?«

Sophie kehrt zurück in die Gegenwart. Die Birke lässt wieder ihre zartgrünen Frühlingsblätter rauschen. Plötzlich ist ihr sehr heiß, der letzte Satz hallt in ihrem Kopf: »Gehst du jetzt endlich?«

Sie schüttelt den Kopf, fühlt sich grundlos schuldig. Wenn sie für ihre Schwester ein zweites Kind hätte austragen können, sie hätte es auf der Stelle getan. Das aber war unmöglich.

Sie sieht auf die Uhr. Genug gegrübelt.

4

Während Anatole auf den Fahrstuhl wartet, ärgert er sich über sich selbst. Ist es nicht lächerlich, dass er sich von einem kleinen Mädchen so einschüchtern lässt? Ausgerechnet er, wo er doch sein ganzes Berufsleben damit verbracht hat, ältere und schwierigere Kinder zu bändigen?

Ihn beeindruckt ihre Ernsthaftigkeit. Und er würde gern mehr von ihr wissen. Ihre Monologe mit den Katzen und Ameisen, ihr konzentrierter Gesichtsausdruck, wenn sie liest, ihr entrückter Blick, wenn sie in die Ferne starrt, all das berührt ihn. Er erinnert sich an eine blonde Frau, sie sah ein bisschen aus wie Grace Kelly, die das Kind an der Hand hielt: Seit Monaten hat er sie nicht mehr gesehen.

Während Anatole den Schlüssel ins Schloss steckt, hängt er weiter seinen Gedanken nach. Seine Schulterknochen knacken, als er die Jacke auszieht.

Im Wohnzimmer legt er die Zeitung sorgfältig auf das niedrige Tischchen. Er liebt Symmetrien, parallele Ränder, die Fernbedienung schön gerade. Dann setzt er sich in seinen Voltairesessel. Seit er vor fast zwanzig Jahren in Rente gegangen ist, verbringt er darin den größten Teil seiner Zeit. Wenn sie seinen Körper irgendwann in das Samt eines Sargs legen, dürfte die Umstellung nicht allzu groß sein. Bis dahin sieht er zwischen zwei Nickerchen fern oder liest in einem der Klassiker aus seiner Bibliothek.

An den Wänden hängen ein paar Vogelfotos, neben dem Fenster ein Aquarell, das ein Boot auf einem von Eschen gesäumten Teich zeigt. Hinter dem Kiel beginnt sich der zerrissene Film der Wasserlinsen wieder zu schließen.

Anatole seufzt. Ein Leben am Lehrerpult, erklären, scherzen, zuhören, korrigieren, ein Leben lang geduldig die Liebe zur Literatur vermitteln, oft genug ins Leere, und das alles, um allein vor dem Fernseher zu enden.

Und nun plötzlich, da er nichts mehr erwartet, setzt sich ein kleines Mädchen unter die Birke und fängt an, mit den Katzen, dem Wind und den Wolken zu sprechen.

Er läuft durchs Zimmer, auf der Suche nach einer Idee. Sein Blick fällt auf den Schnitt eines großen illustrierten Buches. Natürlich! Warum ist er nicht früher darauf gekommen? Jetzt weiß er, woran ihn das kleine Mädchen erinnert. Anatole mustert den Einband: ein winziger Planet, Vulkankrater, eine Rose und ein blonder Junge inmitten der Sterne, blaue, verträumte Augen, sein im Wind wehendes Halstuch.

Er drückt das Buch an sich und geht, ohne noch einmal die Jacke anzuziehen, geradezu beschwingt die Treppe wieder hinunter. Im Garten zögert er erneut, das viel zu ernste Kind anzusprechen, das mit einem Stock Furchen für die Ameisen zieht.

Dann nimmt er seinen ganzen Mut zusammen, geht zu ihr und begrüßt sie mit zugeschnürter Kehle:

»Guten Tag. Ich wohne unter euch, im ersten Stock, ich glaube, wir haben uns schon mal getroffen.«

Sie nickt überrascht. Dann wandert ihr Blick zu dem Buch.

»Kennst du das?«, fragt der Alte.

»*Der Kleine Prinz*«, antwortet sie wie aus der Pistole geschossen.

»Hast du es gelesen?«

Sie schüttelt den Kopf.

»Ich habe bei meiner Cousine die Bilder gesehen, als ich klein war. Ich erinnere mich an einen Jungen, der ganz allein auf seinem Planeten wohnt.«

»Ich sollte mich besser nicht neben dich setzen, sonst kann ich nachher vielleicht nicht wieder aufstehen. Aber wenn du willst, kann ich es dir auf der Bank vorlesen.«

Sie zögert einen Moment. Dann sammelt sie rasch ihre Bücher zusammen und klopft ihre Hose ab. Anatole beobachtet die beiden Katzen neben ihr, die beunruhigt ihren Bewegungen folgen. Er wird sich keine Freunde machen.

»Wie heißt du?«

»Manon. Und Sie?«

»Anatole.«

»Ein Junge in meiner Klasse heißt auch so.«

Er lächelt.

»Anscheinend kommen die alten Namen wieder in Mode.«

Das Mädchen folgt ihm durch den Garten. An der Mauer duftet Flieder. Die mit der Zeit verblichene Holzbank vor den alten Steinen und dem blühenden Strauch scheint auf sie zu warten. Manon setzt sich neben den alten Mann, der sich ungelenk wie ein Roboter niedergelassen hat. Sie wahrt einen gehörigen Abstand, um seinen alterssteifen Arm nicht zu berühren, und beobachtet ihn aus dem Augenwinkel: Seit Monaten ist es das erste Mal, dass jemand ihr Interesse weckt. Es ist auch das erste Mal, dass ihr jemand etwas vorlesen möchte.

Anatole räuspert sich und streicht mit seinen faltigen Fingern über den Einband. »Also dann«, sagt er und schlägt die erste Seite auf. Doch Manon unterbricht ihn, noch bevor er mit dem Lesen begonnen hat. Sie möchte gern mehr über den Alten erfahren. Bisher hat sie ihn immer nur schimpfen gehört. Sie fragt, was er gemacht hat, bevor er alt war.

Er lächelt unwillkürlich. Sein weißes Haar ist zu dünn gesät, um die braunen Flecken auf dem Schädel zu verstecken, und seine Stirn so runzlig wie die Rinde eines Rot-Ahorns. Während er die an einer Kordel hängende Brille aufsetzt, erklärt er, dass er Französischlehrer gewesen sei. Sie denkt einen Moment nach und fragt, ob er streng war.

Anatole spürt die Sorge hinter der Frage. Er möchte Manon gern beruhigen, und taucht tief in seine Erinnerungen ein: Er sieht sich, wie er mitten im Winter mit lauter Stimme undisziplinierte Schüler hinaus auf den eisigen Hof schickt und ihnen verbietet, wieder reinzukommen, bevor die Kälte sie zur Vernunft gebracht habe. Dann antwortet er etwas unbehaglich: »Nicht so sehr, nein.« Manons Gesicht entspannt sich.

Nun endlich richtet sie ihre Aufmerksamkeit auf die Illustration der ersten Seite, einen verbeulten braunen Hut. Der Autor, Antoine de Saint-Exupéry, war ein Erwachsener, der nie vergessen hat, dass er ein Kind war, bevor er erwachsen wurde. In einer Welt voller Kriege und Enttäuschungen, in einer Welt, wo Fantasie von einem gewissen Alter an nicht mehr gefragt war, blieb er immer ein bisschen Kind. Er trug immer diese Zeichnung bei sich, die er als kleiner Junge gemacht hatte und die niemand deuten konnte: Was aussieht wie ein unförmiger Hut, dessen Rand auf der einen Seite viel länger ist als auf der anderen, stellt in Wirklichkeit eine Boa da, die einen Elefanten verdaut.

Anatole freut sich, dass er Manon ein kleines Lachen entlockt. Der Zeichner des Hutes, der keiner ist, verlor den Mut. Die Großen, die nichts begriffen, empfahlen ihm, sich lieber für Geografie, Rechnen und Grammatik zu interessieren. Also gab er seine Laufbahn als Maler auf und wurde Pilot.

Aber er fühlte sich immer einsam. Bis zu einer Panne, die ihn eines Tages zwang, in der Sahara zu landen. Am nächsten Morgen kam ein seltsamer Junge mit einem ungewöhnlichen Wunsch zu ihm:

»Bitte … zeichne mir ein Schaf.«

Die tiefe, ruhige Stimme des Lehrers betont jede Silbe, wie ein Theaterschauspieler. Manon hängt an seinen Lippen.

Als der Pilot das Einzige zeichnet, was er kann, nämlich einen zerbeulten Hut, und der blonde Junge ruft: »Nein! Ich will keinen Elefanten in einer Boa, ich brauche ein Schaf«, unterbricht ihn das Mädchen aufgeregt: »Er ist der Erste, der es versteht!« Anatole räuspert sich und liest weiter. Eine Katze schmiegt sich an Manons Beine, sie streichelt sie, ohne das Buch aus den Augen zu lassen. Anatole verbirgt seine Verwunderung darüber, dass sie dem schnurrenden Tier zweimal über den Kopf und fünfmal über den Rücken streicht und diese Bewegungen unablässig wiederholt.

Manon erfährt, dass der Kleine Prinz von einem Planeten kommt, der nicht größer als ein Haus ist und auf dem es drei Vulkane gibt, die er jeden Tag putzt. Das Schaf, das er sich wünscht, soll die Affenbrotbäume fressen, die seinen Planeten bedrohen. Der Kleine Prinz hat eine Rose zurückgelassen, die ihm sehr fehlt, die einzige, die es geschafft hat, bei ihm zu wachsen. Diese Blume ist der Mittelpunkt seines Lebens. Aber sie war zu anspruchsvoll, weshalb er weggefahren ist, um andere Welten zu erkunden.

Manon ist verzaubert. Aber es wird spät: Anatoles Abendessen beginnt Punkt neunzehn Uhr. Er klappt das Buch zu. Als ihn seine kleine Nachbarin enttäuscht ansieht, schlägt er ihr vor, am nächsten Tag nach der Schule weiterzulesen. Ihre Wangen röten sich, während sie nickt und ein Lächeln andeutet.

5

Am nächsten Nachmittag erhebt sich Anatole alle fünf Minuten aus seinem Sessel. Er stellt sich ans Fenster, wirft einen ungeduldigen Blick auf den Gartenweg und setzt sich seufzend wieder hin.

Am Morgen hatte ihm der Gedanke an Manon schon früh die Kraft zum Aufstehen gegeben. Doch plötzlich kam ihm die Zeit sehr lang vor. Und nun reizt ihn alles: der sich endlos hinziehende Tag, die einsame Birke, die streunenden Katzen. Um die Anspannung zu überlisten, erinnert er sich an den Vortag. Manons unterschiedliche Gesichtsausdrücke treten ihm vor Augen wie in einem Kaleidoskop: Sie rümpft ihre mit Sommersprossen bedeckte Nase, ihr Kinn zittert, ein kurzes Lächeln huscht über ihr Gesicht, ihre blauen Augen glänzen. Dann wieder ärgert ihn seine Ungeduld. Kaum liest er einem Kind ein paar Seiten vor und wechselt drei Worte mit ihm, schon erwartet er es wie den Messias.

Seine Hand umklammert den Vorhang. Endlich öffnet sie das Gartentor und geht zum Haus. Ihr Rucksack ist breiter als ihr Rücken.

Eine Minute später hört er Schritte in der Wohnung über ihm. Sie ist im Wohnzimmer, vielleicht mit ihren Eltern. Aber er hört keine Stimmen. Seit mehreren Monaten hat sich über seiner Zimmerdecke irgendetwas verändert: Der schleppende Gang, den er mehrmals am Tag vernimmt, unterscheidet sich von den leichten Schritten, die früher kamen und gingen. Er hört das Parkett im Flur knacken, hört Türen über den Teppich schleifen. Stets dieselbe Reihenfolge: Jemand geht in ein Zimmer, ganz kurz, dann in ein zweites, etwas länger. Dreißig Sekunden später springt Manon die Haustreppe hinunter.

Als er wieder zum Fenster kommt, verkrampft sich sein Bauch: Feiner Nieselregen geht über dem Garten nieder. Anatole hatte zwar bemerkt, dass graue Wolken den Himmel bedeckten, allerdings gehofft, sie würden vorbeiziehen.

Während er überlegt, was er tun soll, taucht Manon im Garten auf und rennt unter ihren Baum. Die Bank ist schon mit kleinen Tröpfchen bedeckt, die Fliederrispen ziehen sich zusammen. Wenn der Regen nicht aufhört, kann er unmöglich vorlesen. Er ist sehr pingelig mit seinen Büchern und will nicht riskieren, dass eines nass wird. Außerdem könnte er sich eine Bronchitis holen, die sich ohne Zweifel zu einer tödlichen Lungenentzündung auswachsen würde.

Mutlos lässt er die Arme sinken. Plötzlich ist er sehr erschöpft. Als er schon zu seinem Sessel zurückkehren will, hebt Manon den Kopf. Sie scheint seine Anwesenheit hinter dem Vorhang zu ahnen und winkt ihm zu. Er lächelt und öffnet das Fenster.

»Guten Tag.«

»Guten Tag«, antwortet sie. »Es regnet!«

»Ja, das sehe ich.«

»Kann ich hochkommen?«

Anatole zögert. Alles, was nicht lange im Voraus geplant ist, bringt ihn aus dem Konzept. Gestern hat er sich einen Verstoß gegen seine Gewohnheiten erlaubt, aber deshalb gleich seine Welt auf den Kopf zu stellen, das ginge nun wirklich zu weit. Außerdem war noch nie ein Kind in seiner Wohnung, und das hat er bisher gewiss nicht als Mangel empfunden. Schließlich weiß man, dass die Kleinen ungeschickt sind und alles beschädigen. Sie machen Eselsohren in die Seiten alter Bücher, klettern mit ihren schmutzigen Schuhen auf die Sessel, hinterlassen Fingerabdrücke auf dem Fernseher. Er zuckt mit den Schultern und zieht eine ratlose Grimasse. Manon interpretiert sie als Einladung: Sie streckt den Daumen nach oben.

Ihre Lust, die Fortsetzung der Geschichte zu hören, ist stärker als die Zurückhaltung, und zuhause wartet niemand auf sie. Ihr

Vater ist heute nicht einmal aufgestanden, als sie ins Wohnzimmer gekommen ist. Der Computer war ausgeschaltet. Wenigstens hatte er etwas gegessen: Eine halbgeöffnete Dose Ravioli stand neben den Resten vom Vortag auf dem Tisch. Zweimal in der Woche erwacht Pierre aus seiner Lethargie. Dann wirft er alles, was rumsteht, in den Müll, wäscht ab und kauft ein, ehe er wieder in seinen Sessel sinkt.

Manon kommt die Treppe hoch. Anatole holt tief Luft, um die beginnende Panik zu unterdrücken.

Es klingelt. Er sammelt sich, schiebt das Hemd in die Hose, die er bis zum Nabel hochzieht, kämmt seine drei verbleibenden Haare, dann schlurft er in seinen Filzpantoffeln zur Tür und ärgert sich, dass sein Herz so rast.

Er bemüht sich um einen gelassenen Gesichtsausdruck und öffnet. Manon reicht ihm ganz ernst die Hand.

Der Alte drückt ihre dünnen Finger.

»Guten Tag«, wiederholt er verlegen. »Bitte komm herein.«

»Hier riecht es wie im Landhaus von meinem Onkel Gustave.«

»Ach so?«

Der Name ist für ihn untrennbar mit dem großen Romanautor des neunzehnten Jahrhunderts verbunden: Flaubert. Er denkt sogleich an die anmutige Gestalt von Emma Bovary, sie trägt einen Seidenhut und sitzt in einer Postkutsche, die, von vier Pferden gezogen, durch die weiß in der Morgendämmerung liegende Landschaft nach Rouen zu ihrem Liebsten eilt. Anatole sitzt neben ihr auf der Bank und hört ihr Herz rasen, während ihn der raschelnde Satin ihres Kleides streift. Die Karren auf der Straße, der blasse Himmel, die gebeugten Ulmen, die im Nebel auftauchenden Kirchtürme und das Klappern von Holzpantinen erfüllen seine Wohnung.

Manon hüstelt, um Anatole aus seiner Träumerei zurückzuholen. Er ist einen Moment lang verwirrt, dann bittet er sie ins Wohnzimmer. Bevor sie ihm folgt, streift sie ihre Ballerinas ab und stellt sie ordentlich nebeneinander unter die Garderobe. Vielleicht ist ein Kind im Haus doch nicht ganz so schlimm.

»Du hast das ganze Sofa für dich, setz dich, wohin du willst.«

Manon wählt den Platz, der dem Garten und ihrer Birke am nächsten ist. Der Baum hält dem Regen tapfer stand.

Anatole macht es sich in seinem Sessel bequem. Während Manon jeden Gegenstand im Zimmer betrachtet, holt er ein Tüchlein aus der Tasche und beginnt, seine Brille zu putzen.

Was tut man für gewöhnlich, wenn man jemanden zu Besuch hat? Ihn quält das unangenehme Gefühl, gegen eine elementare Höflichkeitsregel zu verstoßen.

Plötzlich fällt es ihm ein.

»Willst du etwas trinken?«

»Ja, gern.«

Eine Minute später öffnet er die Küchenschränke auf der Suche nach einer Flasche Orangensaft. Sein Kühlschrank ist so gut wie leer. Er entdeckt eine alte, seit einem Jahr abgelaufene Flasche mit Himbeersirup. Er hatte ihn gekauft, um ein vergessenes Gefühl wiederzufinden, hatte zweimal gekostet und die Flasche dann in eine Schrankecke verbannt.

Als er Manon das Glas reicht, fragt sie lächelnd:

»Ist das Grenadine?«

»Himbeere.«

»Oh, das ist auch gut, danke.«

Die Bibliothek ist voller Klassiker: Maupassant, Zola, Baudelaire, Cioran, Verlaine, Rousseau, so viele Namen, die sie nicht kennt. Ein schwarzes Fernglas thront auf einem Regalbrett. Sie steht auf, um sich ein Foto anzusehen. Überrascht erkennt sie Anatole in Jeans und Jackett, der Kopf voller Haare. Er steht umgeben von Jugendlichen auf einem hübschen Platz mit einem Springbrunnen und einem alten Gebäude.

Anatole erklärt ihr, dass das Foto bei einem Ausflug mit seinen Schülern in den siebziger Jahren in Paris vor der Comédie-

 Française aufgenommen wurde. Er stellt sich neben sie, tippt mit dem Finger auf einzelne Schüler und beginnt zu erzählen:

»Das ist Maxime, der wusste auf alles eine Antwort. Er hat mir mal verraten, dass er die ganze Nacht liest, wahrscheinlich hat er mehr Bücher verschlungen als ich. Seine Aufsätze waren hervorragend. Später ist er Schriftsteller und Professor an der Sorbonne geworden. Julie wirkt ganz schüchtern, aber schriftlich legte sie einen verblüffenden Zynismus an den Tag. Der da heißt Jérémie. Er litt an einer Form der Glasknochenkrankheit. Mindestens einmal im Jahr stürzte er und brach sich das Bein, aber im Krankenhaus lernte er weiter. Sein Mut hat mich sehr beeindruckt. Später ist seine Krankheit besser geworden, heute ist er Rheumatologe. Letztes Jahr erst habe ich einen Artikel von ihm gelesen. Joséphine träumte oft vor sich hin, sie war eine begeisterte Reiterin. Und sie lachte über meine Witze, das gefiel mir.«

»Du sprichst so, als wärst du immer noch ihr Lehrer.«

»Ja … da, sieh mal.«

Er öffnet eine Schublade voller Krawatten mit den verrücktesten Motiven: Äpfel, Lilien, Tim und Struppi, Punkte und Streifen. Manon staunt.

»Das waren ihre Geschenke zum Schuljahresende. Bücher habe ich natürlich auch bekommen. Und Briefe, wie diesen hier.«

Er zeigt ihr ein Blatt, das von vielen verschiedenen Händen beschrieben ist: zarte, runde, enge oder weite Handschriften, Dankesworte und sogar eine ziemlich gelungene Zeichnung des jungen Anatole.

»Wenn mich die Wehmut packt, sehe ich mir diese kleinen Dinge aus der Vergangenheit an. Das ist alles, was mir von ihnen geblieben ist.«

»Ich habe auch eine Schublade mit ganz wichtigen Erinnerungsstücken …«

Sie starren einen Moment lang gedankenverloren vor sich hin.

Ein paar Minuten später hat Manon es sich in ihrer Sofaecke gemütlich gemacht, trinkt ihren Himbeersirup und lauscht fasziniert den Abenteuern des Kleinen Prinzen. Besonders berührt sie die Passage über die Sonnenuntergänge, die der Junge so liebt.

»Ich mag Sonnenuntergänge sehr. Komm, lass uns einen Sonnenuntergang beobachten.«

»Da müssen wir noch warten …«

»Worauf warten?«

»Warten, dass die Sonne untergeht.«

Der Junge wundert sich. Sein eigener Planet ist so klein, dass er nur seinen Stuhl ein paar Schritte zu verrücken braucht, um die Abenddämmerung beliebig oft zu sehen; er muss niemals warten.

»Einmal habe ich vierundvierzig Sonnenuntergänge hintereinander gesehen! Weißt du … wenn man sehr traurig ist, liebt man Sonnenuntergänge …«

»An dem Tag mit den vierundvierzig Sonnenuntergängen warst du also sehr traurig?«

Aber der Kleine Prinz gab keine Antwort.

Plötzlich sagt Manon:

»Ich könnte auch vierundvierzig Sonnenuntergänge sehen … um zu vergessen, dass Mama weggegangen ist.«

Anatole ist überrumpelt. Unsicher beobachtet er ihre zusammengepressten Kiefer, die bemüht gleichgültige Miene und ihre verkrampften Hände, die sie gleich darauf unter dem Po versteckt. Er will nicht ungeschickt sein und fragt erst nach einigem Zögern:

»Deine Mutter ist weggegangen?«

Manon sieht ihn traurig an. Niemandem hat sie bis jetzt von ihrem Kummer erzählt. Darüber zu sprechen tut schrecklich weh, aber es in sich unter einem schweren, schwarzen Stein zu vergraben ist vielleicht noch schlimmer.

Mit zitternder Stimme beginnt sie zu reden, hastig, ohne Luft zu holen.

»Kurz nach Weihnachten, im Januar … Ich bin aus der Schule gekommen und Mama war nicht mehr da. Sie hatte einen Brief auf mein Bett gelegt. Der Brief war so seltsam! Ganz oben stand *Mein Schatz*, als ob sie mich lieb hätte, aber im nächsten Satz schrieb sie, dass sie weggeht, weil sie nicht mehr kann, aber dass sie an mich denkt und dass wir uns irgendwann wiedersehen, und dann steht da wieder, dass sie mich liebt, aber geht denn das? Wenn man jemanden liebt, verlässt man ihn doch nicht, oder? Früher habe ich sie manchmal abends in der Küche weinen gehört. Dann habe ich im Flur gesessen, bis meine Füße Eisklumpen waren. Ich konnte nicht schlafen, wenn sie weinte.«

Manon verstummt, sie merkt, dass sie zu viel sagt, dass sie sich einem Mann anvertraut, den sie fast gar nicht kennt. Die Stirn des alten Lehrers ist noch runzliger als sonst.

Anatole räuspert sich, er sucht nach Worten.

»Es kommt vor, dass die Erwachsenen eine schwierige Zeit durchmachen und keine Kraft mehr haben, dann weinen sie wie Kinder …«

Manon drückt das Kinn auf die Knie und schaukelt vor und zurück.

»Kannst du bitte weiterlesen?«

»Ja.«

Der Alte fährt mit einem Kloß im Hals fort.

6

Zwei Wochen später kommt Anatole in beachtlichem Tempo die Straße von der Bäckerei zu seinem Haus herauf, unter dem Arm eine kleine weiße Tüte und sein Baguette. Als er sich gerade über seine Leistung freut und überlegt, dass dieser Aufstieg nicht mehr der Kreuzweg ist, der er vor Kurzem noch war, kracht ihm eine Hand schwer auf die Schulter.

Wie in Zeitlupe segelt die Tüte auf die Straße. Eine Brioche mit Zucker rollt in den Rinnstein, schwimmt ein paar Sekunden auf einer gelblichen Brühe und verschwindet im Gullyloch. Anatole starrt fassungslos auf den Abfluss.

Hinter seinem Rücken droht der Gebäckvernichter wie eine schwarze Wolke am blauen Himmel. Kampflustig dreht Anatole sich um, ohne den plötzlich erwachenden Hexenschuss zu beachten. Er rechnet mit dem jungen Drogensüchtigen, der ihm neulich eine Kippe vor die Füße geworfen hatte. Erstaunt blickt er in das Gesicht einer Nachbarin.

Sie reicht ihm lächelnd die Hand.

»Entschuldigen Sie! Habe ich Sie so erschreckt? Sophie Moulin, ich wohne über Ihnen im dritten Stock.«

Anatole kann seinen Ärger kaum verhehlen. Nachbarin hin oder her, es gehört sich nicht, die Leute so zu überfallen.

Er brummt mit abweisendem Gesicht:

»Anatole Touary.«

»Ich glaube, wir sorgen uns gerade beide um denselben Menschen.«

Anatole sieht sie erstaunt an.

»Ach ja? Und um wen, wenn ich fragen darf?«

»Um Manon.«

»Manon?«

»Ja, ich bin nämlich ihre Tante.«

»Das wusste ich nicht. Sie hat mir kurz von ihren Eltern erzählt, aber weiter nichts. Wir reden sowieso wenig.«

»Sie reden wenig? Und was machen Sie dann zusammen? Nicht sehr beruhigend, wenn man bedenkt, dass sie jeden Abend bei Ihnen ist …«

Anatole bebt vor Empörung. Wofür hält sich dieses Weib eigentlich? Seine Schulter zertrümmern, seine Brioche in den Abfluss schleudern und jetzt auch noch diese ungeheuerliche Unterstellung. Wenn das lustig gemeint ist, kann er nicht darüber lachen.

Trocken und kurzatmig antwortet er, dass er Manon jeden Abend nach der Schule eine Geschichte vorlese. Die Schwere der Anschuldigung zwingt ihn zu dieser demütigenden Rechtfertigung. Er funkelt sie wütend an und erklärt, dass er ein pensionierter Französischlehrer sei, kein Perverser!

Sophie amüsiert es insgeheim, wie er sich zwischen den Magnolien aufplustert und herumschimpft.

Er reckt ihr das Kinn entgegen und wartet mit vor Erregung schwachen Beinen auf ihre Reaktion. In diesem Moment startet ein Motorrad, und Sophie muss beinahe schreien, um es zu übertönen.

»Entschuldigen Sie, das war ein Scherz. Aber auch wenn ich es ernst gemeint hätte; ich habe wohl das Recht, mir Sorgen um meine Nichte zu machen. Warum haben Sie sie zu sich eingeladen?«

»Sie sah so traurig aus.«

»Und sie hat gleich eingewilligt?«

Er nickt, behält aber das Wesentliche für sich. Inzwischen haben sie ihre Gewohnheiten: Sie sitzt in der Sofaecke am Fenster und genießt ihre Brioche mit Zucker und die Grenadine. Sie erzählt nicht, was sie am Tag erlebt hat. Meistens ist sie still, außer wenn ihr eine Passage im Buch besonders gefällt.

Als er erwähnt, dass Manon den *Kleinen Prinzen* sehr mag, ruft Sophie:

»Die Geschichte von einem einsamen und depressiven Jungen! Haben Sie nichts Besseres gefunden, um sie wieder zum Lachen zu bringen?«

Was für eine Nervensäge! Diese Frau begreift überhaupt nichts. Zu seiner Verteidigung erklärt Anatole, dass sich Manon in dem verträumten, sensiblen Jungen wiedererkenne.

Sophie hat sich schon oft gefragt, warum dieser seltsame blonde Junge so ein Kassenschlager geworden ist. Ein weltweiter Erfolg, und das nur wegen eines Zitats über das Herz, das Augen hat, oder die Augen, die kein Herz haben, sie weiß es nicht mehr. Ihre Versuche, den Fuchs zu zitieren, scheitern kläglich.

»*Man sieht nur mit dem Herzen gut. Das Wesentliche ist für die Augen unsichtbar*«, korrigiert Anatole, der sie mittlerweile eher albern findet.

»Man spürt förmlich, wie das Herz des passionierten Lehrers in Ihnen schlägt«, bemerkt Sophie und legt ihre große Hand mit rotlackierten Nägeln auf den Arm des Alten.

Unwillkürlich weicht Anatole zurück. Seit er in Pension ist, kommt er anderen Leuten nur noch selten so nah. Zugleich packt ihn die Wehmut, als er sich des Tages erinnert, an dem sein Leben anfing zu verblassen: seine letzten Unterrichtsstunden, das in einen Karton entleerte Schubfach, der von seinen Kollegen veranstaltete Umtrunk. Sein Abschied von den älteren Schülern – sein Abschied von der Welt.

Sophie ist gerührt von der Melancholie des Alten. Er ist offensichtlich empfindsamer, als man vermutet, und er scheint Manon sehr zu mögen. Sie würde ihm gern danken, aber hinter ihrer Lässigkeit verbergen sich auch Scham und eine gewisse Schüchternheit.

»Manon geht es sichtbar besser, seit sie zu Ihnen kommt. Es beruhigt mich, dass sie nicht mehr wie eine Autistin unter dem Baum vor und zurück schaukelt.«

»Sie hat mit Katzen und Ameisen gesprochen.«

»Arme Kleine. Kommen Sie, ich lade Sie auf einen Kaffee ein.«

 Anatole verabschiedet sich voller Bitterkeit von der verlorenen Brioche. Die letzten Krümel im Rinnstein machen bereits die Spatzen glücklich, die ihre Magnolie verlassen haben, um sich vollzustopfen. Er zuckt mit den Schultern und beruhigt sich mit dem Vorsatz, eine neue zu kaufen, sobald er dieses unangenehme Gespräch hinter sich gebracht hat.

Sophie betritt das einzige Café in der Straße und durchquert den Saal. Es sind kaum Gäste da. Zwei Rentner spielen Schach, ein Mann liest Zeitung. Der Kellner telefoniert.

Als sie an einem Tisch sitzen, auf dem ein unbenutzter Heineken-Aschenbecher steht, sieht sie Anatole mit ihren grüngeschminkten Augen an. Er hält ihrem Blick nur mühsam stand. Irgendetwas an ihr ist ihm unangenehm: ihre Statur, die recht kräftige Nase, ihre Schminke, die heisere Stimme?

Mit einem Mal ist Sophie sehr ernst.

»Wir wissen nicht, ob Manons Mutter wiederkommt.«

»Ihre Schwester?«

»Ja, meine jüngere Schwester.«

»Sie hat wohl Briefe hinterlassen.«

Sophie zuckt mit den Schultern. Die Abschiedsbriefe auf den Betten waren so konfus: Anaïs schrieb, dass sie weggehe, ohne zu sagen, wohin und wie lange. Wie soll sie diese plötzliche Anwandlung ihrer Schwester rechtfertigen? Dass sie den Wunsch hatte, einem Leben zu entfliehen, das sie zermürbte, dass sie von vorne anfangen wollte, frei von jeder Bindung, das kann man sich ja noch vorstellen. Aber sich nicht bei Manon zu melden und Pierre vor Sorge durchdrehen zu lassen, zeugt von einer Rücksichtslosigkeit, die so gar nicht zu Anaïs passt.

»Sein Kind verlassen, unvorstellbar …«, murmelt Anatole.

»Ich gebe zu, dass es sehr seltsam ist, aber Sie kennen nur den letzten Teil der Geschichte. Anaïs hatte mehrere Fehlgeburten. Immer das gleiche Szenario: Nach Monaten des Wartens wächst ein Embryo. Sein Herz beginnt zu schlagen. Und eine Woche später bleibt dieses Herz einfach stehen. Ich nehme an, sie ist zusammengebrochen.«

Anatole machen diese Erklärungen verlegen. Sophie gewährt ihm Zugang zur Intimsphäre einer Frau, die er gar nicht kennt. Dennoch kann er ihren Kummer nachfühlen. Was ist nur mit ihr geschehen? Und was stellt sich Manon vor, wenn sie unter ihrem Baum vor und zurück schaukelt?

Sophies tiefe Stimme dringt durch das Rauschen seiner Gedanken. Jetzt spricht sie von Pierre, Manons Vater, der allmählich vor die Hunde gehe.

»Ich müsste Mitleid mit ihm haben, aber er macht mich wütend. Er hat seine Tochter auf Händen getragen ... Und jetzt könnte man meinen, er sieht durch sie hindurch. Ein richtiges Wrack! Den ganzen Tag verkriecht er sich in seinem Wohnzimmer.«

Anatole ist traurig. Sophie berührt die mit braunen Flecken bedeckte Hand des Lehrers, als wollte sie deren Zittern besänftigen.

»Aber was Sie für Manon machen, ist wunderbar. Sie hat Abwechslung sehr nötig.«

Ein Hüsteln scheint ihm der ideale Vorwand, um seine Hand wegzuziehen. Warum muss sie ihn nur ständig anfassen? Wenn man sich gerade kennengelernt hat, bewahrt man doch besser etwas Distanz.

Sophies Stimme erreicht ihn nicht mehr, plötzlich packen ihn Zweifel. Hilft er Manon wirklich? Ihre Tante ist der Meinung, er hätte ein weniger deprimierendes Buch auswählen sollen. Vielleicht stimmt das. Mit dem melancholischen Kleinen Prinzen, seiner Rose und dem Fuchs wird er ihr bestimmt nicht die Mutter wiederbringen.

Sophies Hand holt ihn zurück in die Wirklichkeit. Sie erzählt gerade, dass es seit Anaïs' Verschwinden niemand geschafft habe, mit ihrer Nichte zu sprechen.

»Vor mir läuft sie auch weg, ich weiß nicht, warum. Dabei waren wir uns sehr nah. Während Sie ...«

»Manon rührt mich.«

Er zieht seine Hand zurück, um die Tasse zwischen seinen Fingern zu drehen.

Dann sieht er auf die Uhr und runzelt die Stirn: Gleich beginnt seine Literatursendung im Radio, und er muss noch einmal zum Bäcker. Während er sich von der Nachbarin verabschiedet, verdrängt ein Bild in seinem Kopf alle anderen: sein Voltairesessel.

7

Schon zwei Stunden geht es so. Sophie läuft unruhig im Zimmer auf und ab, als wollte sie ihrem Kopf helfen, die Neuigkeit zu verarbeiten. Dann geben ihre Beine nach und sie lässt sich auf das Sofa fallen, fassungslos über das, was sie gelesen hat. Die Geschichte ihrer Schwester gleicht allmählich dem Drehbuch einer Vorabendserie.

Weil sie nicht mit Pierre oder Manon darüber sprechen darf, beschließt sie, den einzigen Menschen anzurufen, den diese Nachricht ebenso aufregen wird wie sie. Sophie greift nach dem Telefon und wählt eine eingespeicherte Nummer. Der Vorname, der daneben steht, Thérèse, offenbart den Abgrund, der sich zwischen den beiden Frauen aufgetan hat.

Die schrille Stimme der Mutter zerreißt ihr fast das Trommelfell. Immer schon hat sie mit ihrer übertriebenen Betonung und den hektischen Gesten Unruhe in ihre Umgebung gebracht.

Sophie beschäftigt sich nur widerwillig mit ihrer Vergangenheit: die Aggressivität des Vaters, die Schwäche der Mutter, dazwischen zwei Kinder, die die Anspannung irgendwie erdulden mussten. Wenn Anaïs las, hörte sie nichts mehr, alles um sie herum verschwand, ihre Gedanken entschwanden. Sophie beneidete sie um diese Fähigkeit, in eine andere Welt zu flüchten. Sobald sie es sich leisten konnten, waren die Töchter weggegangen.

Heute leidet ihre Mutter darunter und macht ihnen Vorwürfe, ist empört über ihre Undankbarkeit. Um sie zu nötigen, die Eltern häufiger zu besuchen, klagt sie über ihr Herz, ihre Schlaflosigkeit, den nahen Tod.

Aber jetzt, in diesem Fall höherer Gewalt, braucht Sophie den Rat ihrer Mutter.

 Mit bedeutungsvoller Stimme fordert sie Thérèse auf, sich hinzusetzen. Sie fühlt sich als Bewahrerin eines großen Geheimnisses: Jede einzelne Silbe, vor allem die des Vornamens betonend, verkündet sie, dass sie einen Brief von Anaïs erhalten habe.

Dann lauert sie auf die Reaktion ihrer Mutter, rechnet mit einem überraschten Aufschrei, Tränen, Ohnmacht. Doch nichts von alledem tritt ein: Thérèse hat ebenfalls einen Brief bekommen. Sophie wird wütend: Warum hat sie nicht angerufen? Ist denn von ihrem Familiensinn gar nichts mehr übrig? Sie verdreht die Augen, während sie sich die Rechtfertigungen anhört: Thérèse habe niemanden informiert, weil Anaïs sie gebeten habe, Pierre nichts zu sagen, und sie nicht wollte, dass sich die Geschichte herumspricht. Sophie kontert bissig, dass sie, wenn sie recht informiert sei, weder Pierre heiße noch die Bäckersfrau sei: Die eigene Tochter anzurufen, um ihr von ihrer Schwester zu berichten, habe nichts damit zu tun, Gerüchte zu verbreiten.

Ihre Mutter gibt klein bei und schlägt vor, ihren Brief vorzulesen, der ganz schrecklich sei, wie sie versichert. »Dein Vater ist sehr niedergeschlagen, er kann auch nicht mehr schlafen.« Sophie lauscht gebannt Anaïs' Zeilen und muss bald einsehen, dass Thérèse ebenso viel weiß wie sie. Erstaunlich, wenn man bedenkt, wie schwierig ihr Verhältnis zu Anaïs ist. Dahinter verbirgt sich wohl das zwingende Bedürfnis, sich anzuvertrauen, so verloren, fern der Ihren, in einem fremden Land.

Ihre Schwester erzählt von der Depression, der Einsamkeit, von Patrick, den sie in einem Buchladen kennengelernt habe. Sie hatten sich für das gleiche Buch entschieden. Thérèse ist es unbegreiflich, wie sie sich Hals über Kopf in einen Unbekannten verlieben und einen Monat später mit ihm nach Marokko durchbrennen konnte. Nach Marokko!

Sophie versucht ihr mit vorsichtigen Worten nahezubringen, was Anaïs womöglich mit dem Leben und ihrem Körper versöhnt hat: wiedergefundenes Verlangen, leidenschaftliche Umarmungen, jedenfalls etwas ganz anderes als der nach Kalender geplante Beischlaf mit Pierre, zwischen zwei Krankenhausterminen.

Plötzlich wird der Mutter schlecht, eine Herzrhythmusstörung, sie müsse sich hinlegen, das sei ein Alptraum, Anaïs habe den Verstand und jeglichen Anstand verloren. Sie atmet immer hektischer, findet gerade noch Kraft, zu fragen, wer dieser Patrick sei: ein Manipulator, ein narzisstischer Perverser, irgend so ein Guru? Sie stößt ein langes Röcheln aus. Sophie kann ein Gähnen nicht unterdrücken.

Nachdem die Mutter auch diese Herzattacke überlebt hat, ruft sie aufgeregt: »Anaïs muss zurückkommen! Wird sie zurückkommen?« Sophie seufzt; sie wüsste es selbst gern.

Dann schildert Thérèse, wie es ihr seit Anaïs' Verschwinden ergangen sei: Sie schlafe nicht mehr, die Sorge fresse Tag und Nacht an ihr, ihr Herz drohe ständig stillzustehen.

Mit den gleichen Worten beklagte sie sich früher, als Anaïs und Sophie noch klein waren, nach den Wutanfällen ihres Mannes. Sie unternahm allerdings nichts, um die Mädchen davor zu schützen. Vielmehr schien sie von ihnen eine Lösung zu erwarten, als könnten die acht- und zehnjährigen Töchter sie aus dieser Hölle befreien. Dass die Kinder selbst darunter litten, kam ihr nicht in den Sinn.

Dann ergeht sie sich in einer Litanei über die Schande für die Familie und jammert über die grauenvolle Situation, wegen der sie nicht einmal mehr ihre Freunde einladen könne.

Sophie nutzt eine kurze Pause, in der Thérèse erneut nach Atem ringt, und legt entnervt auf.

Sie versinkt tiefer in ihrem Sofa. Schon bedauert sie ihre Ungeduld: Und wenn es ihrer Mutter nun nach dem Gespräch tatsächlich schlecht geht? Nein, sie darf sich nicht auf ihr Spiel einlassen.

Sophie zündet sich eine Zigarette an und überfliegt ein weiteres Mal das Ende des Briefes.

So sieht es aus. Ich habe ein schlechtes Gewissen, aber ich konnte nicht mehr bleiben. Ich weiß, dass Du mich nicht verurteilen wirst, ich habe auch zu Dir gestanden, als Du Deinem Leben eine neue Richtung gegeben hast. Wir wissen beide, dass man nicht versuchen soll, gegen Gefühle anzukämpfen. Ich habe Pierre und Manon aus Liebe zu einem anderen Mann verlassen, aber auch, um vor der lebenden Toten zu fliehen, zu der ich geworden war.

Behalte das bloß für dich! Pierre traut mir so eine Verrücktheit ganz sicher nicht zu. Ich bin in Marokko und schreibe an einem Roman. Patrick hat mich dazu ermutigt, meiner alten Leidenschaft wieder zu folgen.

Vergeblich versucht Sophie, sich Anaïs in einem weiß getünchten Haus in Nordafrika vorzustellen, und den Unbekannten, der sich über ihre Schulter beugt.

Sie ruft sich die Geschichten und Gedichte in Erinnerung, die ihre Schwester als Kind auf der Maschine tippte. Sie hatte so viel Fantasie. Sophie ist von Zärtlichkeit ergriffen, als ihr einfällt, wie die kleine Schwester das Versmaß an den Fingern abzählte.

Aber die Eltern verboten ihr, ein Literaturstudium zu beginnen. Diese Passion sei höchstens ein nettes Hobby, hatten sie entschieden. Beruflicher Erfolg, Gehalt, Ansehen waren wichtiger.

Sophies Miene verdüstert sich. Bei jedem Problem, das sie mit den Eltern hat, steigt der alte Groll auf. Nur schwer vergisst sie die strenge, bürgerliche, konformistische Erziehung, die ständige Sorge um das Urteil der anderen, die Verachtung für die Universität, die in den Augen der Eltern nur den Abschaum der Gesellschaft hervorbrachte.

Die Töchter hatten keine Wahl. Nach zwei Jahren intensiver

Vorbereitung für die Aufnahmeprüfungen wurde Anaïs in einer renommierten Handelsschule in der Nähe von Paris und Sophie an der École Centrale de Nantes zugelassen. Die Eltern hätten ihre ältere Tochter lieber in der École Polytechnique oder der École des Mines de Paris gesehen, umso mehr rühmten sie sich der Ergebnisse der Jüngeren. Insgesamt aber waren sie ganz zufrieden: Die Zukunft ihrer Töchter war gesichert und ihre Freunde würden vor Neid platzen.

Ein ordentliches Monatsgehalt der Töchter war die entscheidende Voraussetzung für ein glückliches Leben. Sie würden eine gute Partie machen. Sich ein Haus in einer guten Gegend kaufen, um ihren Kindern die besten Schulen und eine traumhafte Hochzeit zu bieten, ähnlich der von Pierre und Anaïs im Schloss Bourblanc in Paimpol.

Während eines Praktikums in der Marketingabteilung eines renommierten Unternehmens in Clichy hatte Anaïs Pierre kennengelernt. Er war noch in der Ausbildung und beaufsichtigte als Assistent des Architekten Bauarbeiten in der obersten Etage. Sie standen zusammen im Fahrstuhl, der mit reizenden Models tapeziert war, die für Lippenstift oder Parfum warben. Pierre aber hatte nur Augen für Anaïs. Sie sprach vom Regen, der seit drei Tagen nicht aufhörte. Noch nie hatte sich der junge Architekt so begeistert über die Wetterlage unterhalten. Möglicherweise hatte das Gewitter, das draußen tobte, mit dem Liebesblitz zu tun, der ihn in dem engen Raum zwischen Erdgeschoss und neunter Etage traf.

Am nächsten Tag sahen sie sich von weitem in der Cafeteria. Sie lächelte ihm zu, er errötete und warf vor Aufregung sein Colaglas um. Seine Kollegen lachten ihn aus, ohne zu ahnen, was mit ihm los war. Nachdem er mehrere Schweiß- und Zitteranfälle erlitten hatte, die jede Konzentration auf die Arbeit an der Baustelle unmöglich machten, beschloss er, sie in dem Büro zu besuchen, das sie mit der Finanzdirektorin des internationalen Kosmetikkonzerns teilte.

Als Anaïs schwanger wurde, zogen sie nach Nantes. Sie hatte sich bei einem Besuch bei ihrer Schwester in die Stadt verliebt: das Ufer der Erdre und die Lastkähne, das Schloss und die Kathedrale, die um kleine Kirchen herum erbauten Arbeiterviertel, heute von jungen Paaren mit Kind bewohnt, die sich glücklich schätzen, ein Haus mit Garten in Zentrumsnähe zum Preis einer Zweizimmerwohnung in Paris zu besitzen. Außerdem fehlte ihr in Paris das Meer. Sie konnte sich kein erfülltes Familienleben in einer winzigen Wohnung zwischen Bahngleisen, mit verschmutzter Luft und Buchhalteralltag vorstellen. Pierre wäre ihr überallhin gefolgt.

Als Manon zur Welt kam, schien alles perfekt. Dann aber begann ihr Kampf um ein zweites Kind. Um sich ganz darauf zu konzentrieren, kündigte Anaïs ihre Stelle in Nantes.

Sophie faltet den Brief wieder auf und liest erneut den Satz, der ihr besonders seltsam vorkommt: *Wie eine Heroinsüchtige ihre Dosis braucht, lebte ich nur noch, um ihn zu sehen. Durch ihn habe ich erfahren, was »sich lieben« wirklich bedeutet.* Ihre Schwester ist nicht mehr wiederzuerkennen, seit sie diesen Mann getroffen hat. Gibt er ihr etwa Drogen? Nein, das ist absurd.

Sie ist ratlos. Soll sie Pierre sagen, dass es seiner geliebten Frau gut geht, dass sie aber nicht wiederkommen wird, weil sie einen Anderen hat? Das würde ihm den Todesstoß versetzen. Thérèse wird sich niemals trauen, ihren Schwiegersohn anzurufen. Und doch müssen Manon und er wissen, dass Anaïs lebt. Womöglich hat sie ihnen auch geschrieben?

Sophie betrachtet die Briefmarke auf dem Umschlag: der Hassan-Turm in Rabat. Der Stempel gibt einen wertvollen Hinweis: Essaouira.

8

Manon lässt sich ihre Grenadine schmecken. Sie lauscht gebannt jedem einzelnen von Anatoles Worten, der den *Kleinen Prinzen* nun fast zu Ende gelesen hat. Inzwischen ist ihr der Platz in der Sofaecke schon ganz vertraut. Sie fühlt sich wohl in dem nach Rasierwasser duftenden Zimmer voller Bücher.

Als der Kleine Prinz den Fuchs zähmt, hält sie den Atem an und beugt sich vor. Alles ist so wie bei ihrer Mama und ihr: Am Anfang, bevor sie zur Welt kam, war Anaïs eine Frau wie hunderttausend andere und Manon in ihrem Bauch ein ganz normaler Embryo. Dann ist sie zur Welt gekommen und hat sich, wie alle Babys, zähmen lassen. Dadurch sind sie füreinander einzigartig geworden.

»Der Kleine Prinz hat recht. Es ist blöd, den anderen erst zu zähmen, wenn man dann weggeht.«

Dieser Satz bringt Anatole aus der Fassung. Er würde sich gern neben sie setzen und seinen von Arthrose gezeichneten Arm um sie legen, aber er wagt es nicht.

Manon überlegt, über ihre blauen Augen legt sich ein grauer Schimmer. Der Fuchs wird den Kleinen Prinzen nicht vergessen, wenn er fort ist. In Zukunft wird ihn jedes Kornfeld an die blonden Haare erinnern. So wie viele Dinge sie an ihre Mutter erinnern.

Anatole entdeckt das Grübchen, das sich in ihr Kinn gräbt, wenn sie sich konzentriert.

»Wenn ich ein Mädchen mit ihrer Mutter auf der Straße sehe, denke ich an sie. Mein Herz wird dann ganz schwer, so schwer, dass ich denke, es fällt auf die Erde und explodiert.«

»Das verstehe ich.«

Sie zuckt mit den Schultern.

»Aber das geht gar nicht. Wenn mein Herz zu schwer wird, rutscht es runter in meinen Fuß.«

»Ganz genau. Aber du musst schon zugeben, dass du mit so einem riesigen Fuß einen ziemlich komischen Gang hättest.«

Manon lächelt, Anatole strahlt.

Gleich darauf wird sie wieder ernst.

»Ich weiß, warum der Kleine Prinz so traurig ist.«

»Warum denn?«

»Er hat seine Eltern nicht mehr und ist ganz allein auf seinem Planeten. Vielleicht haben sie ihn verlassen, wie meine?«

»Aber du hast doch noch deinen Vater.«

»Es ist genau so, als wenn er nicht mehr da wäre. Ich bin sicher, wenn der Kleine Prinz seine Eltern hätte, wäre er viel fröhlicher.«

Anatole nimmt die Brille ab und beginnt sie zu putzen. Diese Mutter, die so schön ist wie eine Filmschauspielerin, hat hier Trübsal geblasen und ihre besten Jahre damit vergeudet, auf Babys zu warten, die sich nacheinander in Nichts auflösten. Wie dem Kleinen Prinzen fehlte ihr die Luft zum Atmen. Auch sie wollte neue Horizonte erkunden, sich irgendwie verwirklichen.

Anatole erinnert seinen Schützling daran, dass der Junge seine Rose zwar am Anfang verlässt, am Ende der Geschichte aber zu ihr zurückkehrt.

Als er den Hoffnungsschimmer in Manons blauen Augen aufblitzen sieht, bedauert Anatole, allzu voreilig gewesen zu sein. Was, wenn Anaïs nicht wiederkommt? Seltsamerweise ist er vom Gegenteil überzeugt: Schließlich ist sie eine Mutter! Am Ende wird sie Manon zu sehr vermissen, sie wird wieder zur Vernunft kommen, ganz bestimmt.

Er überlegt.

»Am Anfang hast du mich an den Kleinen Prinzen erinnert. Jetzt bist du die Rose. In Wirklichkeit sind wir alle ein bisschen der Fuchs, die Rose *und* der Kleine Prinz.«

»Und du, wer bist du am meisten?«

»Der Fuchs.«

»Warum? Wer hat dich denn gezähmt und dann verlassen?«

»Frauen. Als ich so jung war wie dein Vater, und sogar später noch. Jedes Mal habe ich an die große Liebe geglaubt. Ich träumte schon als Junge davon, eine Familie zu gründen, ich war sehr romantisch. Kurze Abenteuer haben mich nie interessiert. Aber meine Eroberungen haben mich alle irgendwann sitzengelassen. Ich konnte sie nicht halten. Jeder von ihnen habe ich ein Weizenfeld gewidmet, ein Gedicht, ein Lied, ein Buch, eine Stadt oder einen Duft. Aber mit dem Alter fange ich an, alles durcheinanderzubringen.«

Anatole erinnert sich an den Schmerz, den er bei jeder Trennung empfunden hatte. Danach steckte er seine ganze Kraft in den Beruf. Wenn er mit seinen Schülern ein schönes Buch las, konnte er leichter vergessen.

»Warum sind denn die Frauen weggegangen? Du bist doch so nett.«

Er lächelt.

»Danke. Aber ich glaube, wir beenden das Thema lieber. Das kann man einem kleinen Mädchen nur schwer erklären.«

Manon richtet sich voller Empörung auf.

»Ich bin nicht klein, ich bin schon acht, ich kann alles verstehen.«

Er muss lachen, und ihm wird bewusst, dass er schon lange nicht mehr gelacht hat.

»Na gut, ich versuch's. Es klingt vielleicht komisch, aber ich habe mich immer in besonders empfindliche Frauen verliebt. Sie erwarteten viel von mir: dass ich sie liebe, dass ich mich um sie kümmere, dass ich alles für sie tue. Aus Liebe habe ich so viel gegeben, wie ich konnte. Ihre Empfindlichkeit und meine, wir hatten dann beide das Gefühl zu ersticken – und am Ende sind die Beziehungen immer zerbrochen.«

»Warum hast du dir keine normalen Frauen gesucht?«

»Gute Frage. Ich habe sogar mit einem Psychologen darüber gesprochen, aber das hat das Problem auch nicht gelöst. Weißt du, was ein Psychologe ist?«

»Ja. Mama ist immer zu einer Frau gegangen, wenn sie ihre Babys verloren hatte. Da kann man sagen, was man auf dem Herzen hat, wenn einem innen drin alles wehtut.«

»Und man kann versuchen zu verstehen, warum man immer wieder die gleichen Fehler macht. Oft findet man die Erklärung in der Kindheit. Mein Vater ist weggegangen, wie deine Mama. Da war ich fünf.«

Manon blickt ihn entsetzt an.

Anatole weiß, was sie durchmacht. Wie ihr Vater war auch seine Mutter in einer Depression versunken. Vor seinen Augen saß der Mensch, den er auf der Welt am liebsten hatte, wie erloschen am Wohnzimmertisch. Es steckte nicht mehr viel Leben in ihr. Sie antwortete auf keine seiner Fragen, sah ihn nicht mehr an. Er wünschte sich so sehr, dass sie ihn wie früher in den Arm nehmen möge, aber er existierte gar nicht mehr für sie.

Noch heute verfolgen ihn die Stunden, in denen er allein in seinem Zimmer möglichst geräuschlos auf dem Fußboden mit Zinnsoldaten spielte.

Manon sieht ihn voller Mitleid an. Der alte Lehrer wirkt so verloren wie ein verirrtes Kind.

»Papa hat sich auch verändert. Früher war er so lustig.«

Sie hat sich auf dem Sofa zusammengerollt und schaut zu ihrer Birke, deren Blätter im Wind rauschen. Sie würde alles dafür geben, dass ihr Papa sie wieder lachend in die Luft wirft. Früher hat er ihr auch Geschichten vorgelesen. Wenn sie auf seinen Schoß kletterte, drückte er sie an sich und kitzelte sie, er half ihr bei den Hausaufgaben und kochte, wenn Anaïs abends müde war. Manons Magen zieht sich zusammen, als sie von diesen glücklichen Zeiten erzählt, die jetzt weit weg sind.

»Ich würde ihm so gern helfen, wieder der alte Papa zu werden.«

»Wenn es den Eltern schlecht geht, verlangen sie gern von ihren Kindern, dass sie sich wie Erwachsene benehmen. Aber wir können sie nicht trösten und uns ihre Sorgen anhören! Es ist nicht deine Schuld, wenn deine Mama weggegangen ist und wenn dein Papa traurig ist. Und es ist auch nicht deine Aufgabe, ihn von seiner Traurigkeit zu befreien. Auch wenn ich weiß, wie schwer es für dich ist, ihn jetzt so unglücklich zu sehen.«

Manon senkt den Kopf, sie ist nur halb überzeugt.

»Mama hatte mich einfach nicht lieb genug, um zu bleiben.«

»Sie hatte einen großen Kummer in sich, und du hast nur die Spitze des Eisbergs gesehen.«

Anatole gibt sich Mühe, Anaïs zu verteidigen, um das Mädchen zu beruhigen, kann diese Frau aber nicht verstehen. Selbst wenn es ihr nicht gut ging, könnte sie doch ein Lebenszeichen schicken. Wenn sie nicht wirklich tot ist …

Die Kleine beugt sich zu ihm vor.

»Und war bei deiner Mutter auch ein Eisberg versteckt?«

»Ja. Aber sie hat sich am Ende befreit. Deiner Mutter wird es auch wieder besser gehen.«

Jetzt ärgert er sich. Zu schnell hat er den Abstand zwischen dem lebenserfahrenen Alten und dem Kind schmelzen lassen, das gerade erst die Welt und die Wunden, die sie einem zufügt, entdeckt.

Nun macht er selbst die Fehler der egoistischen Erwachsenen, die er eben noch kritisiert hat. Erst erklärt er ihr, sie solle sich keine Sorgen machen, und dann bürdet er ihr die Last seiner Niederlagen auf und vermittelt ihr eine Sicht auf die Liebe, die doch nur seine eigene ist.

Es stimmt, dass sich seine Mutter nach ein paar Jahren erholt hatte. Als er gerade in die Pubertät kam, lernte sie einen anderen Mann kennen. Es war eine kurze Geschichte, aber sie half ihr, zu einem normalen Leben zurückzukehren. Sie wurde wieder ein umgänglicher Mensch, der sprach und antwortete, wenn man ihn etwas fragte.

Aber die Wunden des verlassenen Einzelkindes schlossen sich nicht mehr.

Später entwickelte Anatole – ohne es zu wollen, wie er meinte – eine Schwäche für verletzliche Frauen.

Sie waren hübsch und gebildet, er ließ sich verzaubern. Er wurde zum Chamäleon, versuchte ihnen das zu geben, was sie erwarteten, ohne zu offenbaren, wer er wirklich war. Im Grunde wusste er selber nicht, wer er war. Und ständig schwebte die Drohung des Verlassenwerdens über ihm.

Nur selten gelang es ihm, den Augenblick zu genießen. Andererseits war er fest davon überzeugt, dass er wie jeder andere in der Lage sei, mit einer Frau zusammenzuleben und eine Familie zu gründen, also mühte er sich ab, ihnen zu geben, was sie verlangten: Aufmerksamkeit und Liebe. Aber es fiel ihm schwer, weil niemand es ihm beigebracht hatte. Er beherrschte nur eins: die Einsamkeit. In den Stunden, in denen er gelesen, Aufsätze korrigiert, Vögel beobachtet oder ferngesehen hatte, um nicht nachzudenken, hatte er sich selbst gefunden, ohne Berechnung oder Täuschung. Dann war die Maske gefallen.

Bei diesen einsamen Beschäftigungen wurde er wieder der kleine, unauffällige Junge, der seine Zinnsoldaten über den Boden schiebt.

Seine Launen verstärkten die Eigenheiten der Frauen, er zog sich zurück, um zu vergessen, sie wurden seines Wankelmutes und seiner Krisen überdrüssig.

Sobald die Wunden der Trennung verheilt waren, stürzte er sich in eine neue schmerzliche Beziehung.

Anatole hat sich nach vorn gebeugt, die Stirn zwischen den zitternden Händen. Plötzlich sieht er sein damaliges Verhalten in neuem Licht.

Das Gespräch mit einem achtjährigen Mädchen hat ihm geholfen, das sich wiederholende Muster seiner gescheiterten Beziehungen zu verstehen. Er wusste einfach nicht, wie er mit einer Frau glücklich sein konnte.

Nun fühlt er sich schwach und will Manon bitten zu gehen. Er muss allein sein, um über den Mann nachzudenken, der er gewesen ist.

Aber da stellt sie ihm eine Frage:

»Vielleicht war deine Rose eigentlich immer deine Mutter?«

Anatole starrt sie mit offenem Mund an.

Er weiß nicht, warum ihn dieser Gedanke beruhigt, ja beinah mit sich selbst versöhnt.

»Du hast recht. Wir hatten ein sehr enges Verhältnis. Ich bin das brave und verlassene Kind geblieben, das auf einen Blick oder ein Lob lauert, die immer erst viel zu spät kamen. Sie hat mein Wohnzimmer eingerichtet, als ich bereits vierzig war, sie rief mich jeden Abend nach der Schule an, ich verbrachte meine Ferien meistens bei ihr in der Vendée. Das war ihre Art, die verlorene Zeit nachzuholen. Als sie starb, war ich zu alt und zu verletzt, um eine eigene Familie zu gründen.«

»Das ist schade, du wärst bestimmt ein guter Vater gewesen.«

Anatole betrachtet Manon nachdenklich, sie hat sich ihrer Birke zugewandt.

Er muss die Kleine einfach unter seine Fittiche nehmen! Sie fühlt sich schuldig, weil ihre Mutter weggegangen ist und ihr Vater in seinem Schmerz versinkt. Für ihn ist es zu spät, aber er will nicht hinnehmen, dass auch sie schon verloren ist. Manon soll keine Frau werden, die von leidenden Männern angezogen wird, hin- und hergerissen zwischen der Angst, zu sehr zu lieben, und der Furcht, nicht genug geliebt zu werden.

9

Am nächsten Tag schnorchelt der Alte im Halbschlaf, ein Speichelfaden rinnt ihm aus dem Mundwinkel, als es klingelt. Wer kann denn das so früh am Nachmittag sein?

Anatole war nach dem faden Mittagessen des Vereins für »Tattergreise, die darauf bestehen, zuhause zu wohnen«, wie er ihn nennt, eingeschlummert. Schimpfend quält er sich aus seinem Sessel. Das Putenschnitzel mit fettarmer Sahne, das Selleriepüree und der synthetische Karamellpudding, die er vor einer halben Stunde hinuntergewürgt hat, liegen ihm noch schwer im Magen. Er überlegt so schnell, wie sein vernebelter Kopf es zulässt: Die Zeugen Jehovas werden durch den Code an der Haustür zurückgehalten, aber manchmal erlebt man mit diesen Nervtötern so seine Überraschungen. Er schleicht möglichst lautlos zur Wohnungstür und schaut durch den Spion.

Gerade erkennt er die Schulter- und Briochezerstörerin, da verliert er das Gleichgewicht. Er klammert sich an die Konsole in der Diele, ein Zeitungsstapel fällt zu Boden. Sophies Stimme ertönt im Treppenhaus.

»Kommen Sie, ich weiß, dass Sie da sind, machen Sie auf, bitte. Diesmal verschone ich die Brioche, versprochen!«

Er muss lächeln. Aber während er die Tür aufschließt, erschrickt er: Ist Manon vielleicht etwas zugestoßen? Warum klingelt Sophie bei ihm?

»Darf ich fünf Minuten reinkommen?«, fragt sie und schielt auf seine abgetretenen Filzpantoffeln.

»Bitte. Achten Sie nicht auf die Unordnung, ich war eingeschlafen und habe die Essensreste noch nicht abgeräumt.«

»Sie haben wirklich kein Glück mit mir. Entweder prügle ich Sie oder ich reiße Sie aus dem Schlaf. Das tut mir ehrlich leid.«

»Nein, schon gut, es war kein richtiger Mittagsschlaf.«

Der getrocknete Speichel auf seinem Hemd beweist das Gegenteil. Er fragt hastig, ob es seinem kleinen Schützling gut gehe.

»Manon? Ja, alles in Ordnung. Aber ich muss mit jemandem sprechen, und ich glaube, Ihnen kann ich vertrauen. Oder irre ich mich?«

»Nein, das können Sie.«

»Versprechen Sie mir, weder Manon noch ihrem Vater ein Wort zu verraten. Ich bin auch dazu verpflichtet.«

»Wem gegenüber?«

»Anaïs.«

»Der Mutter von Manon?«

»Ja. Sie hat mir geschrieben.«

»Wer, Ihre Schwester?«

»Sagen Sie mal, machen Sie das mit Absicht? Ja, meine Schwester! Nicht Manon!«

»Pardon, ich bin etwas unruhig, ich frage mich, worum es eigentlich geht.«

Sophie seufzt. Sie hat fast nicht geschlafen und schwankt immer noch zwischen Erleichterung und Sorge: Erleichterung, dass Anaïs lebt und weder von einer Sekte manipuliert noch von montenegrinischen Frauenhändlern gefangen gehalten wird; und Sorge, sie mit einem fremden Mann in einem fremden Land zu wissen. Kaum war sie eingenickt, dröhnte die näselnde Stimme ihrer Mutter in ihren Ohren. Der gleiche Alptraum wiederholte sich in Endlosschleife: Thérèses Herz bleibt stehen, sie sinkt in Zeitlupe zusammen, während Sophie auf sie zu rennt, aber es ist zu spät. Ein letzter anklagender Blick, ehe sie ihre Seele aushaucht; dann reißt das Gebrüll ihres Vaters sie aus dem Schlaf.

Ohne Anatole Zeit zu lassen, auch nur Platz zu nehmen, zieht sie einen zusammengefalteten Brief aus ihrer Handtasche.

»Da, lesen Sie.«

Anatole setzt die an einer Kordel befestigte Brille auf und greift nach dem Blatt. Die zarte Schrift, mit Füllhalter geschrieben, erinnert ihn an die von Marie-Antoinette.

Eine Szenerie im Schloss Versailles heraufbeschwörend, nimmt er wie der Sonnenkönig auf seinem Voltairesessel Platz und verweist Sophie auf das Sofa.

Während er zu lesen beginnt, zappelt sie vor Ungeduld, trampelt mit den Füßen und spielt mit der Plastikhülle ihrer leeren Zigarettenschachtel. Anatole unterbricht seine Lektüre und bittet sie aufzuhören. Er würde sie gern wie damals seine Schüler zur Beruhigung in den Garten schicken. Aber es ist nicht kalt genug.

Sophie lauert auf jede Veränderung in seinem Gesicht. Während er liest, schiebt sich seine Unterlippe immer weiter vor und nach unten. Schließlich steht er mit skeptischer Miene auf, faltet das Blatt zusammen und reicht es ihr mit den Fingerspitzen, als wäre es schmutzig: Dieser Brief wäre kaum einer niederen Kurtisane würdig und hat wahrlich nichts Königliches.

Sophie bestürmt ihn:

»Und? Das ist doch eine gute Nachricht, oder?«

»Dass sie mit einem anderen Mann ein neues Leben angefangen hat? Weit weg von ihrer Tochter?«

»Dass sie lebt! Und glücklich ist!«

»Es scheint ihr gut zu gehen, das ist wahr, schön für sie. Aber will sie ihren Mann und Manon für lange Zeit allein lassen?«

»Anscheinend liebt sie Pierre nicht mehr.«

Anatole sieht sehr verärgert aus.

»Und ihre Tochter, die auf sie wartet? Unglaublich, dieser Egoismus!«

»Wir reden von meiner Schwester, halten Sie sich etwas zurück! Versuchen Sie doch wenigstens zu verstehen, dass sie völlig am Ende war. Nichts hat ihr mehr Spaß gemacht. Sie wissen eben nicht, wie es ist, wenn man sich in seiner Haut nicht mehr wohlfühlt, sich selbst nicht mehr aushält und beinah erstickt!«

»Und Sie wissen das wohl, Sie, mit Ihrer großartigen Selbstsicherheit?«

»O ja, ich weiß es.«

Anatole starrt sie an, erneut spürt er das Unbehagen, das ihn schon im Café ergriffen hatte: ihre Statur, das allzu starre, eckig geschnittene Haar, die malvenfarbene, nicht sehr geschmackvolle Bluse, die Schminke. Ein Gedanke, der ihm schon vorher durch den Kopf geschossen war, nimmt Gestalt an und lässt ihn einen Schritt zurückweichen.

»Sagen Sie mal … sind Sie überhaupt … eine Frau?«

»Ja, warum? Sieht man das nicht?«

»Doch, doch, natürlich, aber angesichts Ihrer Raucherstimme und Ihrer Statur war ich plötzlich unsicher. Und heutzutage erlebt man ja die erstaunlichsten Dinge.«

»Was wollen Sie damit andeuten?«

»Für einen kurzen Moment, ja, eine Sekunde, nicht länger, Sie werden lachen, aber ich habe mich gefragt, ob Sie vielleicht einer dieser Männer sind, die sich als Frau verkleiden.«

»Ein Transvestit?«

Anatole schluckt und blickt auf ihre wohlgeformten Beine.

»Hören Sie, ich weiß natürlich, dass Sie eine Frau sind. Beenden wir das Thema. Wir sprachen über Manon, was können wir für sie tun?«

Sophie steckt die Hände in die Rocktaschen und starrt zu Boden.

Anatole bereut seine indiskrete Frage. Mit dem Alter wird er immer misstrauischer; kein Zweifel, dass er sich da etwas eingebildet hat. Sie ist eine ganz normale Frau, etwas muskulöser als der Durchschnitt, vielleicht war sie früher Leistungssportlerin, was ihre frühe Pensionierung erklären würde. Sie wirkt intelligent, sensibel, normal, nicht wie diese affigen Typen, die herumtänzeln und sich verkleiden und zudem unglaublich vulgär sind.

Schließlich antwortet sie:

»Jetzt gehe ich mir erst mal Zigaretten kaufen. Begleiten Sie mich?«

»Aber das ist so weit und ich habe mir heute früh schon meine Zeitung geholt …«

»Also wirklich, das sind keine zweihundert Meter!«

»Für Sie ist das nichts, für mich schon. Alt werden ist schrecklich, Sie werden sehen.«

»Wissen Sie, dass da ein ganzes Stück Einbildung drinsteckt?«

»Die Alten klettern nicht mehr auf Bäume, das ist Tatsache und hat nichts mit Einbildung zu tun.«

Sophie zuckt mit den Schultern.

»Das können Sie sonst wem erzählen. Seit Sie Manon diese Geschichte von dem selbstmordsüchtigen Jungen vorlesen, sind Sie zwanzig Jahre jünger geworden. Sie hüpfen mit Ihrer Brioche die Straße hoch wie ein Zicklein.«

Anatole hüstelt verlegen.

»Das stimmt, ich fühle mich besser, meine Beine und mein Rücken machen mir weniger zu schaffen.«

»Aha!«

Sophie streckt die Brust raus und lächelt überlegen. Mit den Händen in den Hüften und dem vorgewölbten Busen ist sie mehr Frau denn je.

»Ich fühle mich Manon besonders nah, weil wir die gleiche Geschichte durchgemacht haben«, fährt Anatole fort.

»Nämlich?«

»Ich wurde als Kind von meinem Vater verlassen. Er ist nie mehr zurückgekehrt und meine Mutter hat sehr darunter gelitten.«

»Sie auch, nehme ich an?«

»Ja, ich auch.«

»Warum ist er weggegangen?«

»Wegen einer anderen Frau.«

»Na klar … Los, gehen wir endlich Zigaretten kaufen, bevor ich anfange, überall Ratten zu sehen!«

Anatole ist wie hypnotisiert, in seinem Gehirn setzt sich eine ganze Serie vertrauter Mechanismen in Gang; der Französischlehrer gewinnt die Oberhand.

In *Der Totschläger* von Zola, auf den sie ganz gewiss anspielt, löst der fehlende Alkohol, nicht der Tabak, bei Coupeau ein Delirium tremens aus. Er tanzt, um den Ratten auszuweichen, die er überall herumrennen sieht. Anatole rühmt die unglaubliche Virtuosität dieser Szene und zitiert einzelne Passagen auswendig, bis sich Sophie mühelos den besessenen Alkoholiker vorstellen kann, der in seiner Zelle im Hospiz herumfuchtelt und schreit, um seinen Halluzinationen zu entfliehen. Sie streckt dem aufgewühlten Lehrer den Arm hin, er greift danach, ohne es zu merken, während Romanauszüge seinen Kopf bestürmen. Der Niedergang der Hauptfiguren im Pariser Arbeitermilieu des 19. Jahrhunderts, die Wäscherin Gervaise, die unermüdlich mit dem Schlegel auf die Wäsche eindrischt, der Sturz der Zinkarbeiter von den Dächern, das Besäufnis der Männer mit Vitriol, Absinth und Branntwein.

Plötzlich wird Anatole bewusst, dass er sich an Sophie klammert. Er, der keinerlei körperlichen Kontakt mehr erträgt!

Mit einem Ruck löst er sich von ihr, vergisst Zola und verkündet stolz und feierlich, dass er gut allein gehen und sogar auf Bäume klettern könne!

Sophie lacht schallend. Der Alte ist wirklich zum Piepen.

10

Als sie aus der Wohnung treten, hören sie oben eine panische Männerstimme. Wuchtige Schläge an eine Tür lassen sie innehalten.

»Sophie, mach auf, ich muss mit dir reden! Herrgott, mach gefälligst auf, es ist dringend!«

Sophie tritt ans Geländer und sieht nach oben.

»He Pierre, reg dich nicht so auf, ich bin hier unten!«

»Sie hat uns geschrieben! Wir haben Post von ihr!«

»Ich komme ja schon, beruhige dich.«

Allein hochzugehen kommt für sie nicht infrage.

»So, die beiden haben also auch Post. Kommen Sie mit, das sehen wir uns aus der Nähe an.«

Sie packt Anatole am Arm, er aber flüstert:

»Lassen Sie mich los. Ich gehöre doch gar nicht zur Familie!«

Sophie gibt nicht nach und zieht ihn fast mit Gewalt nach oben.

In der zweiten Etage erwartet sie Pierre, außer sich vor Ungeduld, seine fettigen Haare stehen in alle Richtungen ab. Das Poloshirt hat er offenbar seit Tagen nicht gewechselt: Der Schweißgeruch ist penetrant.

Sophie verzieht das Gesicht, während sie ihn zur Begrüßung auf die Wange küsst; auch sein Atem ist nicht gerade frisch. Und dabei war er vor dieser Geschichte ein schöner und gepflegter Mann. Es ist erschreckend, ihn so zu sehen.

Anatole stellt sich vor und drückt Pierre die Hand, während er nur den einen Gedanken hat, diesem Wespennest schnell wieder zu entkommen und in seinen Voltairesessel zurückzukehren.

Der unerwartete Anblick des Nachbarn beruhigt Pierre. Er starrt ihn ein paar Sekunden lang verschämt an, als ihm klar wird, dass dieser kleine Alte, den er nicht einmal kennt, ihn, den Versagervater ersetzt hat.

»Ah, Sie sind also Anatole. Ich wollte schon lange bei Ihnen vorbeikommen, Manon hat mir erzählt, dass sie abends zu Ihnen kommt, um Geschichten zu hören. Danke, dass Sie sich mit ihr beschäftigen. Wir machen gerade eine schwierige Zeit durch, vielleicht hat sie Ihnen davon erzählt?«

»Ein bisschen, ja …«

»Meine Frau, irgendein Spleen, sie ist abgehauen, aber kommen Sie doch rein.«

Pierre führt sie in das abgedunkelte Wohnzimmer. Trotz der Junihitze sind die Fenster geschlossen. Eine unangenehme Mischung aus Bier- und Schweißgeruch nimmt ihnen den Atem. Sophie fährt aus der Haut:

»Hier stinkt's wie in der Umkleide einer Fußballmannschaft! Mach gefälligst das Fenster auf, Pierre!«

Anatole verkneift sich jede Bemerkung, aber er ist erschüttert. Leere Flaschen liegen auf dem Tisch und dem Teppich, dazwischen Chipstüten und eine angeschnittene Wurst. Dieser Mann sollte sich gefälligst zusammenreißen, es grenzt schon an Misshandlung, ein Kind in einem solchen Saustall aufwachsen zu lassen. Zum Glück isst Manon nachmittags bei ihm.

Pierre macht die Fenster auf.

»Pardon. Ja, es ist etwas versifft. Aber im Dunkeln kann man besser fernsehen. Außerdem habe ich oft Kopfschmerzen.«

»Arbeitest du nicht?«

»Ich habe im Moment weniger Projekte als sonst.«

Sophie sagt nichts weiter. Was nützt es, ihm eine Moralpredigt zu halten?

Pierre wirft Anatole einen verlegenen Blick zu. Der starrt zur Decke und tut, als sei er eigentlich gar nicht da: nur ein Schatten, zart und diskret, natürlich blind und taub.

Sophie will wissen, warum er im Treppenhaus so herumgeschrien hat. Hat Anaïs geschrieben?

 Pierre wird wieder lebhafter: Ja, er hat heute Morgen einen Brief erhalten, Manon auch. Endlich Antworten! Sie hat so lange nicht geschrieben, weil sie sich geschämt hat, ohne ein Wort weggegangen zu sein. Zugegeben, sie hätte wenigstens eine SMS schicken können, von morgens bis abends hat er auf sein iPhone gestarrt, aber jetzt ist er erst mal überglücklich, dass sie lebt, also gibt er sich mit ihren Erklärungen zufrieden. Er hatte ja nicht geahnt, wie schlecht es ihr ging! Sie hat ihm alles erklärt.

»Alles?«

Sogleich bedauert Sophie, mit ihrer Neugier Pierres leidenschaftlichen Monolog unterbrochen zu haben. Womöglich wird sie mit ihren Fragen neue Zweifel säen.

»Ja, alles«, antwortet er mit der Sicherheit desjenigen, der den Schlüssel eines Geheimnisses gefunden hat.

In dem Jahr vor ihrer Flucht hatte er beobachtet, wie sie stundenlang im Bett lag und trüben Gedanken nachhing. Er dachte, sie sei müde. Heute hat sie ihm anvertraut, dass die Leere in ihrem Innern immer größer wurde und sie zu verschlingen drohte.

Sie schreibt, dass sie sich in diesem absurden Kampf um ein zweites Kind verloren hatte, dass die enttäuschten Hoffnungen ihr alle Kraft raubten. Um den Schmerz auszulöschen, brauchte sie einen Tapetenwechsel. Weg von dem, was sie an die dunklen Jahre erinnerte, die Küche, ihr Schlafzimmer, das Krankenhaus. Sie gibt zu, dass ihre Reaktion vielleicht übertrieben war, und diese Ergänzung scheint Pierre zu erleichtern, als hätte er endlich den Beweis in den Händen, dass seine Frau nicht verrückt geworden ist. Sie hätte Manon am liebsten mitgenommen, aber ihre Tochter war auch ein Teil der erdrückenden Enge. Wie paradox, das heißersehnte Kind, das einzige, das sie zur Welt gebracht hatte, wurde plötzlich zur Last, ihr ganzes Leben war ein Gefängnis. Bei diesem Wort bricht Pierres Stimme. Sie ist weggegangen, ohne mit ihnen zu sprechen, weil sie ihren Kummer nicht ertragen hätte. Da hat sie nicht unrecht, bemerkt er bitter: Sie hätten versucht, sie zurückzuhalten, und sie hätte weiter in ihrem trostlosen Dasein ausharren müssen.

Kurz und gut, fasst er zusammen, sie ist einfach durchgedreht, während sie zwischen zwei Fehlgeburten in dieser Wohnung herumirrte. Das ist verständlich.

Anatole und Sophie nicken.

»Ich lese euch ein Stück vor«, kündigt er an und räuspert sich. »Jetzt kommen wir zu den Komplimenten und den guten Nachrichten, das Beste zum Schluss, wie man so schön sagt.«

Du bist ein guter Kerl. Wir hatten einfach Pech. Wir hätten sorgenlos sein können, aber das Unglück hat nicht von uns abgelassen, so wie wir nicht von unserem Kinderwunsch abgelassen haben. Ich habe mich jetzt endlich von dieser Frustration befreit.

Ich bin in Marokko. Mit der Begeisterung eines Kindes entdecke ich die kleinen Dinge wieder, die uns umgeben: ein Segelboot auf dem funkelnden Meer, ein Lächeln, einen Möwenflug, einen Holzschnitzer, einen Angler auf seinem Felsen.

Die Sonne, die Moscheen, die blauen und weißen Medinas, die singenden Minarette und die Süße eines Alltags ohne Zwänge überdecken die schlechten Erinnerungen.

Ich vergesse euch nicht. Ich schreibe euch bald wieder.

Pass gut auf Manon auf. Auch wenn sie sehr ernst und reif wirkt, braucht sie viel Zuwendung und Liebe.

Sophie weiß nicht, wie sie ihre Überraschung verbergen soll, sie tippt mit der Fußspitze auf den Teppich und traut sich nicht, ihn anzusehen. Da sie ihm nichts vormachen kann, schweigt sie lieber. Anatole ist indessen in die Betrachtung eines Bildes vertieft, das einen roten Leuchtturm darstellt, der unter den Schaumkronen eines entfesselten Meeres begraben wird.

Ihre Sprachlosigkeit macht Pierre stutzig:

»Wie denn Sophie, du hast doch sonst zu allem eine Meinung!

Hast du nichts zu sagen? Sie ist deine Schwester, du kennst sie doch, was hältst du davon? Glaubst du, dass sie wiederkommt?«

Anatole zuckt zusammen, während Pierres Stimme wieder brüchiger wird. Der unglückliche Ehemann wünscht sich nur eines, dass man ihn in seiner Hoffnung auf ihre Rückkehr, auf das Ende seines Leidens bestärkt.

Pierre zittert. Die Stille bohrt sich in sein Trommelfell.

Anatole nähert sich Sophie, die an den Fingernägeln kaut, und macht ihr beruhigende Zeichen; sie antwortet mit einem verstörten Lächeln. An ihrem rechten Schneidezahn klebt etwas Lippenstift.

Schließlich wendet sie sich an ihren Schwager:

»Es ist schön, zu wissen, dass sie lebt. Ganz ehrlich, ich bin wirklich erleichtert.«

»Erleichtert? Ist das alles?«

Pierre zuckt mit den Schultern, er wirkt fassungslos. Er greift nach einem Umschlag, der auf dem Tisch zwischen Chipskrümeln und Bierdosen liegt, und zeigt ihnen die Briefmarke.

»Seht ihr, sie ist in Marokko. Ich fasse es nicht. Sie ist ganz allein nach Marokko gegangen, könnt ihr euch das vorstellen? Eine Frau, Anaïs! Das ist doch unglaublich, oder?«

Sophie sieht Anatole verstohlen an, als wollte sie sagen, na bitte, jetzt geht's los und ich muss lügen, dann antwortet sie:

»Warum?«

»Wir kennen doch niemanden in Marokko!«

Sophie tut, als überlege sie, und knetet einen ihrer Ringe.

Als Pierre sie weiter hoffnungsvoll anstarrt, stürzt sie sich in unausgegorene Erklärungen und breitet verschiedene Vermutungen aus, um zu beweisen, dass sie auch nicht mehr weiß als er. Vielleicht hat Anaïs einen Film gesehen, der sie auf die Idee mit Marokko gebracht hat. Sie hat sicher Reiseführer gelesen, da steht alles drin. Und Nordafrika fand sie schon immer toll.

Vielleicht wohnt sie bei einem Freund. Gab es da nicht einen Souleymane, der mit ihr studiert hat?

In dem Moment, da sie den männlichen Vornamen ausspricht, wird Sophie bewusst, dass sie damit neuen Argwohn wecken könnte. Sie beginnt zu stammeln. Nein, das stimmt nicht. Es war eine Freundin. Ach ja, jetzt fällt es ihr wieder ein: Souad. Eine kleine Brünette, sehr niedlich, sie war an der Schule in Casablanca, ehe sie zum Studieren nach Paris kam. Manchmal haben sie zusammen gelernt.

Sophie wird knallrot. Pierre unterbricht sie ungläubig. Was erzählt sie da für Zeug? Sie waren nur einmal in Agadir, im Club Med, und Anaïs hat nie etwas von Freunden erzählt. Sie haben im Souk einen marokkanischen Aschenbecher und bunte Teller gekauft und am Swimmingpool Tajine gegessen, weiter nichts. Das waren ihre einzigen Erfahrungen mit diesem Land. Dass sie sich ein Hotelzimmer im Luberon nimmt, um Abstand zu gewinnen, einverstanden, aber Marokko, das hat er wirklich nicht erwartet! Pierre sieht seine Schwägerin misstrauisch an: Souleymane. Hatte Anaïs einen marokkanischen Freund, der Souleymane hieß?

Sophie bringt keinen Ton hervor, ihr Gesicht wirkt erstarrt. Wieso hat sie sich nur zu dieser absurden Rede hinreißen lassen und alles nur noch schlimmer gemacht?

Anatole versucht, mit einer Banalität das peinliche Schweigen zu überbrücken.

»Alles ist möglich, wissen Sie. Manchmal staunt man über die Menschen. In der schlimmsten Lage entwickeln sie plötzlich unerwartete Kräfte und eine grenzenlose Fantasie.«

»Ja«, ergänzt Sophie, und legt die Hand dankbar auf Anatoles Arm, »wenn man sein Leben ändern will, dann macht man keine halben Sachen.«

Pierre wirft ihr einen zynischen Blick zu.

»Du musst es ja wissen.«

»Allerdings.«

»Und du bedauerst es nicht? Nachdem du dadurch fast deinen Job und einen Teil der Familie verloren hättest?«

»Nein, ich bedauere gar nichts. So leben oder sterben, ich hatte keine Wahl.«

Anatole ist ratlos. Wovon reden die beiden da eigentlich?

11

Schon beim Schließen der Wohnungstür sind Manons Sinne alarmiert. Sie vergisst sogar, ihre Ballerinas auszuziehen und in ihre Rolle der kleinen Maus zu schlüpfen, die niemand sehen oder hören darf. Sie spürt, dass etwas anders ist, ohne zu begreifen, was genau. Ihre Nase spielt ihr wohl einen Streich, denn sie riecht Anatoles Eau de Cologne.

Während sie auf das Wohnzimmer zugeht, überlegt Manon rasend schnell: Sie hat hunderte Male die Katzen so gestreichelt wie vorgeschrieben, zweimal über den Kopf, fünfmal über den Rücken, und sie haben meistens vor Behagen geschnurrt; auf der Straße trägt sie morgens und abends in jedem Wettkampf gegen die Fugen der Bürgersteigplatten den Sieg davon. Als sie voller Hoffnung die Tür einen Spalt weit aufstößt, ist sie von der Helligkeit für einen Moment ganz geblendet. Sie starrt die Gestalten an, die sie mit einem weißen Heiligenschein und feierlichem Schweigen erwarten. Die Fenster sind geöffnet, draußen begrüßt sie die treue Birke mit ihrem Blätterrauschen.

»Hallo«, sagt Sophie.

»Guten Tag, Manon«, nuschelt Anatole.

Es ist seltsam, ihn hier zu sehen, neben ihrem Vater und ihrer Tante, die er eigentlich gar nicht kennen dürfte. Wenn der Kleine Prinz höchstpersönlich dastünde, würde sie auch nicht mehr staunen.

Noch ungewöhnlicher ist Pierres Begrüßung: ein richtiger Kuss, der von Herzen kommt. Als er sie an sich drückt, spürt sie ein längst vergessenes Gefühl von Liebe, zärtlich und angenehm. Traurigkeit und Angst schwinden langsam. Hat sie etwa ihren Vater wieder?

Pierre schiebt sie in die Zimmermitte.

»Mein Schatz, deiner Mutter geht es gut. Auf dem Tisch liegt ein Brief für dich.«

Sie hat ihr geschrieben, endlich! Es war also nicht alles umsonst, die ganze Sache mit den Fugen und den Katzen!

Zitternd vor Aufregung nähert sich Manon dem kostbaren Umschlag. Eine volle Minute lang starrt sie ungläubig auf ihren Vor- und Nachnamen, hypnotisiert von dieser Schrift, die sie nie mehr wiederzusehen glaubte. Ihr Herz rast. Was schreibt sie? Ein Rückkehrversprechen? Liebesworte?

Manon reißt den Umschlag auf und greift nach dem zusammengefalteten Brief, wobei ein Foto herausrutscht und wie das Blatt eines Baumes vor die Füße der Anwesenden segelt. Vier fassungslose Augenpaare starren auf ein Bild, das inmitten dieser Trauerstimmung beinahe ungehörig wirkt: eine blonde, braungebrannte Frau in Safaribluse und Jeans, mit einem strahlenden Lächeln; sie steht vor einem orientalischen Brunnen, dessen blaues Mosaik in der Sonne funkelt. Im Hintergrund ist eine verschleierte Marokkanerin zu sehen, in einer Hand einen Korb, an der anderen ein kleines Mädchen mit schwarzen Locken; ein Mann sitzt auf einem Hocker, trinkt seinen Tee und sieht in die Kamera.

Von seinen Gefühlen überwältigt, bückt sich Pierre, um das Foto aufzuheben, da stürzt sich Manon auf ihn.

»Nein, das ist meins!«

Wütend wehrt sie seinen Arm mit einem Schlag ab, der durch das Zimmer hallt, und reißt das Bild an sich. Dann flüchtet sie in eine Ecke. Diese heftige, unkontrollierte Reaktion, die so gar nicht zu ihr passt, macht die Erwachsenen sprachlos. Manon stößt ein herzzerreißendes Schluchzen aus.

Sophie geht zu ihrer Nichte, sie würde sie gern trösten. Manon aber schüttelt den Kopf. Sie hat wieder die Haltung eingenommen, in der sie unter ihrer Birke saß, schaukelt vor und zurück und presst das Lebenszeichen der Mutter an die Brust.

Anatole kann es nicht länger ertragen. Er setzt sich neben sie auf den Boden, seine Knochen knacken und knarren, und legt ihr die Hand mit den hervortretenden Adern auf die Schulter.

»Manon, beruhige dich. Niemand nimmt dir weg, was dir gehört. Dein Vater hat auch einen Brief erhalten. Willst du deinen nicht lesen?«

Sie sieht zu ihrem alten Freund auf, sein freundliches Gesicht beruhigt sie. Mit dem Ärmel wischt sie sich Augen und Wangen ab. Dann legt sie das Foto neben sich.

»Entschuldige, Papa«, flüstert sie schließlich. »Ich hatte solche Angst, dass du es kaputt machst. Und ich wollte es als Erste anfassen. Es ist meins.«

»Ich weiß, entschuldige«, sagt er.

Sie faltet den Brief auseinander. Als sie die zarte Schrift erkennt und die ersten lang ersehnten Worte liest, *Mein Schatz*, tropft eine Träne auf das Parkett.

»Du wirst das Wohnzimmer noch in einen See verwandeln, wenn das so weitergeht«, scherzt Sophie.

Manon deutet ein Lächeln an und vertieft sich in ihre Lektüre. Die drei Erwachsenen beobachten sie gespannt.

Nach fünf Minuten, die ihnen endlos vorkommen, faltet die Kleine das Blatt wieder zusammen; sie sagt nichts, und niemand wagt sie zu fragen, was Anaïs ihr anvertraut hat.

Weil sie die Neugierde der anderen spürt, fasst sie die Zeilen mit ernster Stimme zusammen.

»Sie schreibt ein Buch, in einem weißen Dorf mit rosa Mauern. Sie ist glücklich, also weint sie abends nicht mehr in der Küche. Sie sagt, dass ich ihr fehle, aber ich habe das Gefühl, dass es ihr dort so gut geht, dass sie niemals wiederkommen wird.«

Pierre löst sich aus seiner Starre. Seine übertrieben begeisterte Stimme dröhnt durch das Wohnzimmer: »Zum Teufel mit den pessimistischen Prognosen. Wenn sie sich meldet, dann will sie uns wiedersehen!« Ihn jedenfalls hält jetzt nichts mehr. Sie werden zu ihr fahren, basta!

Sophie und Anatole betrachten entgeistert den Mann, der vor ihnen herumhüpft wie ein kleiner Junge. Manon stürzt sich mit einem Freudenschrei auf ihn.

»Oh ja, Papa! Fahren wir!«

Pierre hebt sie hoch und lässt sie fliegen. Dann springt Manon auf das Sofa und schließt die Augen. Ihre Eltern wieder vereint, der Duft ihrer Mutter, eine Umarmung, ganz fest, bis sie fast erstickt.

»Warte mal, Pierre, dreh nicht gleich durch ...«, stammelt Sophie.

Er unterbricht sie und schnauzt sie mit rotem Gesicht an: Das sei doch nicht zu fassen, schließlich sei es seine Frau, er gehe vor die Hunde, seit sie weg ist, wieso mische sich Sophie überhaupt ein?

Sophie hat Pierre noch nie so aufgebracht erlebt.

»Ich versuche dir nur zu erklären, dass ihr nicht wisst, ob sie bereit ist, euch so schnell wiederzusehen, auch wenn sie natürlich an euch denkt.«

»So schnell? Sie ist seit vier Monaten weg! Da hatte sie doch wohl genug Zeit, sich zu erholen, oder?«

Manon beobachtet die Erwachsenen, sie hat die Beine dicht an den Körper gezogen und reibt sich die Ohren ganz fest. So hört sie wenigstens das Geschrei nicht mehr. Außerdem tut sie sich mit Absicht weh. Und sie wird damit weitermachen, wenn man sie daran hindert, zu ihrer Mutter zu fahren.

Anatole entschließt sich, erneut einzugreifen, ehe die Situation ganz aus dem Ruder gerät.

»Verzeihen Sie, wenn ich meine Meinung kundtue, obwohl ich nicht zur Familie gehöre, aber auch ich finde Ihre Entscheidung etwas überstürzt. Sie sind sehr aufgeregt. Ein erster Brief nach Monaten, das kann man gut verstehen.«

Pierre hört gar nicht auf die Argumente dieses altersstarrsinnigen Nachbarn. Ihm steht alles so klar vor Augen. Jetzt, wo er weiß, dass sie in Marokko ist, kann er keinen weiteren Tag verstreichen lassen. Er muss hinfahren und ihr sagen, dass er sie verstanden hat und dass jetzt alles besser wird.

Pierre ist davon überzeugt, dass seine Frau sie aus einer Laune heraus verlassen hat. Plötzlich ist ihm alles ganz klar: Sie war fertig mit den Nerven, hat die Stadt und den Alltag nicht mehr ausgehalten. Anaïs schreibt in dem Brief ausdrücklich, dass sie ihm nicht böse ist. Sie ist vor ihrer Depression weggelaufen, nicht vor ihm! Manon schiebt ihre Hand in seine und sieht ihm besorgt ins Gesicht: Sie will nicht, dass er nachgibt. Sie lässt nicht zu, dass er sich wieder mit seinem Bier im Sessel verschanzt. Sie erträgt die dunkle Wohnung nicht mehr, ebenso wenig die ausweichenden Blicke und die Abende in ihrem Kinderzimmer, allein und hungrig.

Mit fester Stimme fordert er sie auf, ihre Tasche zu packen.

»Nimm leichte Sachen, in Marokko ist es warm. Bitte entschuldigt uns jetzt, ich will euch nicht fortjagen, aber wir haben noch einiges zu tun. Ich gehe erst einmal duschen, ich stinke. Manon, weißt du, wo Mama den Koffer hingeräumt hat?«

»In den Keller, glaube ich.«

Sie lächelt triumphierend.

Sophie und Anatole wechseln hilflose Blicke.

Zwei Minuten später dröhnt das Knallen der Tür in ihren Ohren und sie müssen einsehen, dass man sie rausgeworfen hat.

In der Wohnung hat seit Monaten nicht so viel Leben geherrscht. Eilige Schritte trommeln auf das Parkett, Manon, die im Flur mit ihrem Vater zusammengestoßen ist, lacht ausgelassen, Schranktüren öffnen sich quietschend und werden krachend zugeschmissen.

Sophie wendet sich Anatole zu. Etwas verlegen stellt er fest, dass jetzt auch noch ihr Mascara zerlaufen ist.

»Was starren Sie mich so an?«

»Na ja, Ihre Schminke, sie hat das Unwetter offenbar nicht überstanden.«

Sie holt einen kleinen Spiegel aus der Handtasche und stößt einen entsetzten Schrei aus.

»Mein Gott, ich sehe ja grauenvoll aus!«

Unter seltsamen Grimassen versucht sie, mit einem Kleenex die gröbsten Schäden zu beseitigen. Ihre Hände zittern, und so macht sie alles nur noch schlimmer.

»Das ist doch der blanke Wahnsinn! Sie haben keine Adresse, und stellen Sie sich vor, sie stoßen auf Anaïs zusammen mit ihrem Liebhaber!«

»Ja, es wird ein heftiger Schock, wenn sie ihn entdecken.«

»Soll ich ihnen die Wahrheit sagen? Obwohl, nein, das wäre Verrat. Anaïs vertraut mir.«

Sie gehen in den Garten, um sich ungestört auszutauschen. Sophie kämpft mit ihrer Ratlosigkeit. Was gerade geschehen ist, hat sie aus der Bahn geworfen. Ein ums andere Mal wiederholt sie dieselben Fragen, ohne eine Antwort zu finden.

Anatole beobachtet eine graue Katze, die über die Steinmauer läuft. Das kleine Tier hält kurz inne, richtet seine grünen Augen auf ihn und setzt seinen Weg fort.

So viel, was früher bedeutungslos war, ist jetzt von Manons Anwesenheit beseelt: eine Birke in einem Park, eine Ameise auf seinem Bein, ein träumendes Kind, eine einsame Rose, die Sofaecke, die ihren Abdruck bewahrt.

Ein Schlag auf seine Schulter entlockt ihm einen erstickten Schrei: Sophie hat gemerkt, dass er nicht mehr zuhört.

»Ich werde mir wohl eine Rüstung kaufen müssen«, brummelt er und reibt sich die schmerzende Stelle.

12

Anatole lässt sich in seinen Voltairesessel fallen. Müdigkeit überwältigt ihn. Am liebsten würde er ein Nickerchen machen, um wieder einen klaren Kopf zu bekommen. Er schließt die Augen, aber sein von all den Bildern verstörtes Gehirn gibt keine Ruhe: Manon, die sich auf das Foto stürzt, Manon, die schluchzt, Manon, die vor Freude hüpft. Seine rechte Hand trommelt nervös auf der Samtarmlehne.

Manon verrennt sich mit ihrem übergroßen Kummer in einer Illusion. Und ihr Vater erst! Armer Kerl. Wenn er entdeckt, dass seine Frau mit einem Anderen glücklich ist, bringt es ihn um. Anatole weiß, dass er das Bild noch schwärzer malt, aber man kann nicht leugnen, dass die ganze Sache unter keinem guten Vorzeichen steht.

Seufzend verabschiedet er sich von der Hoffnung auf etwas Schlaf und verdrängt die düsteren Szenarien des unseligen Wiedersehens. Während sein Blick auf dem *Kleinen Prinzen* ruht, klingelt es an der Tür. Anatole verzieht ärgerlich das Gesicht. Schon wieder Sophie?

Nein, sie ist sicher damit beschäftigt, in einem Nikotin- und Kohlenmonoxidrausch finstere Gedanken zu wälzen. Seine Knochen schmerzen, als er zur Tür geht. Durch den Spion erkennt er überrascht seine kleine Freundin und macht hastig auf.

Als Stammgast durchquert sie mit sicherem Schritt den Flur und setzt sich im Wohnzimmer in ihre Sofaecke. Anatole folgt ihr und starrt auf den Umschlag, den sie in der rechten Hand hält. Er hat die hübsche Schrift unter der farbigen Briefmarke erkannt.

Ohne ihm Zeit zu lassen, auch nur ein Wort zu sagen, erklärt sie feierlich:

»Ich bin gekommen, um dir Mamas Brief vorzulesen.«

Anatole ist verblüfft. Was für ein Vertrauensbeweis! Er murmelt drei Worte, die Lichtjahre von dem entfernt sind, was er wirklich empfindet:

»Das ist nett.«

Während er sich in seinen Sessel setzt, zieht Manon sorgsam das Foto aus dem Umschlag und legt es auf ihre Knie. Dann faltet sie den Brief auseinander und beginnt zu lesen.

Mein Schatz,

sicher bist du mir böse, weil ich dir nicht früher geschrieben habe. Ich habe es immer wieder versucht, aber die Vorstellung, dass du ganz ängstlich und erwartungsvoll auf das Blatt starrst, hat mich gelähmt. Ich kann meine Liebe und alle Gefühle der letzten Monate einfach nicht mit Worten ausdrücken!

Mein Liebes, der Schmerz, den ich dir zugefügt habe, zerreißt mir das Herz. Ich hoffe, Papa streichelt dich dafür tausendmal mehr. Ich wäre so gern eine bessere Mutter gewesen und bei dir geblieben. Aber ich konnte nicht. Irgendwann wirst du hoffentlich verstehen, dass ich nicht vor dir weggelaufen bin, sondern vor dem Leben, das ich geführt habe.

Du liebst doch Tiere. Also stell dir einen Vogel im Käfig vor, dem ein freundlicher Mensch die Gittertür öffnet. Stell dir sein Gefühl von Freiheit vor, wenn er endlich die Flügel entfalten kann, ohne gegen die Stäbe zu stoßen. Stell dir sein Glück vor, wenn seine in den Jahren der Gefangenschaft stumpf gewordenen Federn ihn zu den Baumwipfeln, dem Himmelsblau und der Aussicht auf unbekannte Welten tragen. Ich bin dieser Vogel, der in Sonne und Wind begeistert die Augen zukneift.

Ich wohne in einem weißen Dorf direkt am Meer. Wenn die Dromedare und Esel durch den feuchten Sand stapfen und die Touristen sich nur mühsam auf ihren Rücken halten können, stelle ich mir vor, wie du darüber lachen würdest.

Ich schreibe einen Roman, der jeden Tag ein Stück vorankommt, und lasse mich von den Wellen und der Hitze leiten. Manchmal spüre ich deine kleine Hand in meiner, wenn ich durch die in Licht getauchten Gassen spaziere oder den heimkehrenden Fischerbooten zusehe.

Einmal pro Woche mache ich Couscous mit einem Huhn, das auf dem Markt vor meinen Augen gerupft wurde. Meine Nachbarin, Khadija, eine wunderbare alte Frau mit zahnlosem Lächeln, hat mir die Rezepte der Gegend beigebracht. Irgendwann bereite ich dir mein Lieblingstajine zu, Lamm mit Mandeln, Datteln, Pinienkernen, Zwiebeln in Honig und Kartoffeln. Hier isst man ohne Teller, mit Brot und den Fingern, das würdest du bestimmt lustig finden.

Gestern habe ich dir eine hübsche kleine Truhe aus Thujaholz gekauft, in der du deine Schätze verstecken kannst, auf dem Deckel ist ein Zitronenbaum aus Elfenbein, und wenn du sie aufmachst, duftet sie wie im Märchen.

Jetzt sitze ich auf einem Felsen am Meer. Zwei Männer grillen auf den Steinen Krabben und Langusten.

Ich genieße diese Momente, ohne dich je zu vergessen. Ein bisschen tröstet mich der Gedanke, dass es besser für dich sein wird, eine fröhliche Mutter wiederzufinden statt der, die ich war, mit ihrem ewigen Schluchzen.

Sei geduldig, Manon, lerne fleißig in der Schule, lade dir Freunde ein und sei vor allem nicht traurig. Lass mir Zeit, mich wiederzufinden und dann dich.

Ich hab dich lieb,
Mama

Die Kleine sieht besorgt zu ihrem alten Freund.

»Glaubst du, sie freut sich, wenn sie uns sieht?«

Anatole zögert. Anaïs hat sich unmissverständlich ausgedrückt: Sie möchte ihre Erfahrungen machen, für sich, ohne ihre Familie.

»Ich glaube schon. Aber vielleicht könntet ihr ihren nächsten

Brief abwarten, ehe ihr euch auf die Reise macht. Sie schreibt, dass sie noch Zeit braucht.«

Manons Gesicht wird hart, ihr Kinn bebt.

»Wir haben ihr genug Zeit gelassen, wir brauchen sie!«

Alles in ihrer Haltung, ihre zitternden Hände, der verkrampfte Kiefer, die feuchten Augen zeigen ihm, dass sie nicht mehr warten kann, dass sie ohne ihre Mutter unerträglich leidet.

»Ich verstehe. Aber wenn ich mir vorstelle, dass ihr einfach so nach Marokko fahrt, ohne genau zu wissen, wo deine Mutter lebt, dann beruhigt mich das nicht gerade.«

»Deswegen bin ich ja hier. Bitte, Anatole, komm mit!«

Ihr flehendes Gesicht rührt den Alten fast ebenso sehr wie der Brief, den sie ihm vorgelesen hat, aber ihre Bitte ist für ihn der Gipfel des Absurden. Er, in seinem Alter, und obendrein einfach nur ein Nachbar, er soll sie bei diesem unsinnigen Abenteuer begleiten?

»Das ist kompliziert. Warum fragst du nicht Sophie? Sie würde euch unterstützen, sie hat dich sehr gern.«

Manon schmollt und antwortet nicht.

Erstaunt fragt Anatole:

»Was ist denn los? Bist du böse auf sie?«

Die Kleine starrt in eine Zimmerecke und spuckt voller Abscheu ein paar Wörter aus:

»Sie hat Mama nicht am Weggehen gehindert.«

»Aber das ist ungerecht! Deine Mutter hat Sophie nicht um Erlaubnis gefragt, sie ist genauso traurig wie du, seit sie weg ist. Das weißt du doch, oder?«

»Sie ist ihre Schwester, sie hat oft mit ihr gesprochen. Mama war immer für sie da, auch bei ihrem Dingsda. Sie hätte sie zurückhalten müssen, statt gar nichts zu machen.«

»Bist du auch auf deinen Papa böse?«

»Nein. Nur auf Sophie.«

»Glaubst du, sie wusste, dass deine Mutter weggeht?«

»Ja.«

»Ich kann dir sagen, dass das nicht stimmt. Wir haben darüber gesprochen, sie wusste wirklich nichts davon und war auch verzweifelt.«

Manon zögert. Jetzt wirkt sie unsicher.

Sie schiebt den Brief zurück in den Umschlag, während der einstige Lehrer seine Vermutung ausspricht:

»Ich glaube, es ist so schlimm für dich, dass du einen Schuldigen brauchst … Aber deine Tante kann nichts dafür.«

»Kann sein«, gibt sie widerwillig zu.

»Und ich bin zu alt zum Reisen.«

Manon wischt dieses Argument mit einer Handbewegung vom Tisch.

»Na und, die Alten reisen auch. Das weiß ich aus dem Fernsehen. Du sollst ja nicht zu Fuß mit deinem Stock losgehen oder auf einem Esel reiten, sondern Auto fahren. Du bist unser Druide, wie bei *Asterix*. Unser Großer Schlumpf.«

Anatole lacht.

»Meinst du, ich kann euch einen Zaubertrank mixen?«

Manon lächelt:

»Du bist der Zaubertrank.«

Er streicht ihr übers Haar, sie schmiegt sich an ihn und schlingt die Arme um seinen Körper.

»Ich glaube nicht, dass dein Vater Lust haben wird, sich mit meiner Anwesenheit zu belasten.«

Sie tritt einen Schritt zurück und nimmt seine runzlige Hand in ihre.

»Wir brauchen dich. Seit Monaten hat er sich im Dunkeln eingeschlossen und nicht mehr gewaschen. Ich möchte nicht mit ihm allein sein und wieder die Erwachsene spielen müssen. Ich habe genug davon. Du hast selbst gesagt, ich soll damit aufhören, weißt du noch?«

Von ihren Argumenten besiegt, sieht er das mutige kleine Mädchen voller Zuneigung an: keine Spur mehr von Melancholie in ihrem Blick, sondern eine rührende Sicherheit. Die tiefe

 Überzeugung, dass sie nach Marokko fahren muss, und dass diese Reise einzig und allein mit ihrem Freund an der Seite gelingen wird.

»Und du nimmst unser Buch mit, ja? Der Kleine Prinz begleitet uns.«

Er nickt etwas widerstrebend. Manon küsst seine faltige Wange, dann läuft sie zur Tür, sie will ihrem Vater die gute Nachricht überbringen.

Anatole steht wie angewurzelt da.

Plötzlich macht sich seine Neuralgie bemerkbar, und er muss sich hinsetzen. Sein Nacken ist ganz steif. Wie soll er in diesem Zustand nach Marokko fahren? Er schiebt sich ein Kissen hinter den Kopf und verzieht vor Schmerz das Gesicht.

Diese Reise wird ihn umbringen, so viel steht fest. Er hat ja schon Mühe, die Treppe hinunterzugehen, und jetzt liegen tausende Kilometer vor ihm, Schlafmangel, die Hitze Nordafrikas, Durst, oh ja, ganz sicher, er wird an Hitze und Durst sterben, mit leeren Eingeweiden, am Rande einer Sandpiste, Mopeds und Esel werden Staub aufwirbeln oder gleich seinen geschundenen Körper zermalmen.

Aber während diese Sorgen noch in ihm nachhallen, erwachen längst vergessene Gefühle: seine Reiselust, die Begeisterung, neue Landschaften zu entdecken, neuen Menschen zu begegnen; der Duft nach Safran, Leder und Zimt in den marokkanischen Souks, die er als junger Mann erkundet hat; die Töpferwaren, die handgewebten Teppiche, die Kinder auf der Straße, die Ziegen in den Bäumen; die Orangenbäume am Straßenrand, ein erfrischender Minztee; das Morgengebet, das einen aus dem Schlaf reißt und die Stadt erfüllt.

Vielleicht hat er sich geirrt: Nichts ist je vorbei, solange nicht der letzte Atemzug getan ist. Noch kann er sich neue Erinnerungen schaffen, ein Wagnis eingehen, Länder entdecken. Der alte nutzlose Mann kann noch seinen Beitrag leisten, ein

Abenteuer erleben und vor allem ein Kind auf der Suche nach seinem versunkenen Schatz begleiten.

Vor Erregung zitternd, ohne der lauernden Angst Aufmerksamkeit zu schenken, lässt er das Kissen auf den Boden fallen und erhebt sich mit frischem Schwung.

Als Erstes steckt er das Buch von Saint-Exupéry in den staubigen Rucksack, den er unter einem Stapel karierter Decken im Garderobenschrank findet.

13

Als er ein paar Kleidungsstücke aus der Kommode im Schlafzimmer holen will, verharrt er plötzlich, eine Hand am Schubladengriff, in einer Stille, die nur vom Brummen einer Fliege unterbrochen wird. Wie viel Zeit hat er in seinem Wohnzimmer verbracht, als einzige Gesellschaft eine eingesperrte Fliege, ohne Kraft, das Fenster zu öffnen, um sie zu verjagen? In seinem körperlichen Verfall dazu verurteilt, das Summen zu ertragen und so gut es geht zu ignorieren. Er lauscht einen Moment, wie sie gegen das Fenster fliegt, wie sie hektisch nach einer befreienden Öffnung sucht.

In seinem Schwung gestoppt, schließt Anatole die Kommode. Seine Eile ist lächerlich, geradezu kindisch: Er hat noch nicht einmal die Bestätigung, dass Manons Vater seine Anwesenheit wünscht oder wenigstens duldet.

Er braucht Gewissheit. Der Kleine Prinz in seinem Rucksack wirft ihm einen besorgten Blick zu. Mit fester Stimme antwortet er ihm: »Mach dir keine Sorgen, ich sehe nach, was oben los ist, und komme gleich zurück.« Verschämt richtet Anatole seine Augen auf die Zimmerdecke, als könnte Manons Vater ihn hören. Dann zuckt er mit den Schultern. Im großen Flurspiegel überprüft er, ob er nicht allzu senil und zerschlissen aussieht. Sein Hosenschlitz ist zugeknöpft. Er zieht den Hemdkragen zurecht und streicht sich sogar über die Augenbrauen, um die widerspenstigen Härchen zu glätten. Bloß nicht wie ein Alzheimerkranker aussehen, den man nur noch in eines dieser Sterbeheime stecken kann, wo es nach Urin und Misshandlung stinkt!

Mit klopfendem Herzen schlägt er die Tür hinter sich zu, nachdem er sich versichert hat, dass der Schlüssel in seiner Hosentasche ist.

Er geht die Treppe hoch und klingelt bei Manon. Pierre ruft lauthals:

»Gehst du, Liebes?«

Schnelle Schritte lassen das Parkett knacken, dann lugt das strahlende Gesichtchen hinter der Tür hervor.

Ihre Augen leuchten, sie ruft: »Papa, es ist Anatole!«, und zieht ihn an der Hand zum Wohnzimmer.

»Pass auf«, sagt sie und macht einen Schlenker, um einer Tasche auszuweichen, die die Tür verstellt. Gleich darauf steht Anatole vor dem zerzausten Pierre in sauberem Poloshirt und Bermudashorts. Er ist gerade dabei, Sonnenbrillen anzuprobieren, die er nach einer halbstündigen Suche gefunden hat: Anaïs hatte sie unerklärlicherweise in das Fach für Küchenhandtücher neben die Wäscheklammern gelegt. In seinem Freizeitlook erinnert er Anatole mit seinem dichten braunen Haar an alte Pressefotos, die John-John im Urlaub zeigen. Noch ein Kennedy, der tragisch ums Leben gekommen ist. Sein Doppelgänger drückt Anatole die Hand.

Als Pierre ihm freundschaftlich auf den Arm klopft und ihn grinsend fragt, ob er auch seine Sonnenbrille eingepackt habe, weil er sie womöglich brauchen werde, tut er, als verstehe er nicht.

Der Anfall von Vertraulichkeit ist ihm unangenehm. In dieser Familie lässt man sich gegenüber Unbekannten offenbar recht schnell gehen. Nur Manon hat eine gewisse Zurückhaltung gewahrt und ihn bei ihrer ersten Begegnung und an den folgenden Tagen nicht pausenlos angefasst, sondern sich nach einer schlichten Begrüßung ohne dramatische Gefühlsbekundungen in ihre Sofaecke gesetzt.

Aber dann, eines Abends, als er ihr die Wohnungstür aufhielt, hatte sie sich plötzlich auf Zehenspitzen gestellt, sich gereckt und ihn ganz selbstverständlich auf die Wange geküsst. Dieses Zeichen der Zuneigung hatte ihn tief gerührt. Das war nicht das unter Erwachsenen übliche Vortäuschen von Nähe.

 Als sie an jenem Abend hinaufging, ohne sich umzudrehen, blieb er im Treppenhaus stehen und wartete, bis sie ihre Wohnungstür geschlossen hatte.

Pierre beobachtet den Alten, der in einer anderen Sphäre zu schweben scheint. Vielleicht kommt das von den Tabletten: Alte Leute schlucken ja bekanntlich dreimal am Tag ihre Dosis. Sein Vater hatte eine Pillendose, von der er sich nie trennte: eine typisch französische Form der Vergiftung, die ihn abstumpfte.

Da er von Anatole keine Antwort erhält, legt Pierre ihm die Hand auf die Schulter. Mit lauter Stimme und überdeutlich artikulierend fragt er ihn, OB ER MIT NACH MAROKKO KOMME. Anatole zuckt ebenso zusammen wie Manon, der schleierhaft ist, warum ihr Vater plötzlich schreit.

Anatole seufzt: Wieder einmal eines der unzähligen Übel des Alters! Die Leute meinen, er baue auf allen Ebenen ab, und entwickeln die entsetzliche Manie, mit ihm zu reden, als sei er taub. Dabei hat er abgesehen von einem leichten Tinnitus, der kommt und geht, keinerlei Probleme mit dem Hören. An schlechten Tagen antwortet er einfach nicht, wenn man ihn wie verrückt anbrüllt.

Aber im Moment möchte Anatole vor Manons Vater gern als respektabler pensionierter Lehrer durchgehen. Er will unbedingt beweisen, dass er sie nach Marokko begleiten kann. Deshalb antwortet er mit einem klaren »ja«, während das Mädchen seine Hand streichelt.

Pierre platzt schier vor Begeisterung: Das ist wunderbar, Manon wollte so gern, dass er mitkommt, dank ihm geht es ihr viel besser, er hat schon gemerkt, wie sie sich verändert hat, auch wenn er eine schlechte Phase durchgemacht hat, er ist ihm so dankbar …

Anatole unterbricht ihn ein wenig unwirsch:

»Keine Ursache. Um auf die Reise zurückzukommen, haben Sie eine Adresse oder irgendeinen Anhaltspunkt?«

Pierre zuckt mit den Schultern, wirkt allerdings keineswegs besorgt.

»Anaïs ist in Essaouira, das ist keine Großstadt, ich war als Student mal dort. Ihre Ankunft ist sicher nicht unbemerkt geblieben. Egal, wo sie auftaucht, alle Augen werden sich auf sie richten.«

Anatole ist unwillkürlich gerührt, wenn Pierres Liebe zu seiner Frau spürbar wird, die unter ihrem Fortgehen nicht gelitten hat.

Weil ihn der Alte nur wortlos anstarrt, vermutet Pierre, dass er das erbärmliche Bild eines verletzten Ehemanns abgibt, der bereit ist, mit dem Kopf durch die Wand zu gehen.

Um sich zu rechtfertigen, vertraut Pierre dem Lehrer an, dass er ganze Tage damit verbracht habe, alle nur denkbaren Szenarien durchzuspielen, während er auf eine Mail, einen Anruf, einen Brief wartete, und wie die Monate stets ohne Nachricht verstrichen. Wenn er endlich einschlief, sah er ihren von Wellen umspielten und von Krabben angenagten Körper am Strand, bis das Morgengrauen die Nacht ablöste und sie den schockierten Blicken der Spaziergänger aussetzte; ihr langes Haar ausgewaschen, ihre Augen leer, dann teilte ihm ein Inspektor ihren Tod mit, und schließlich schreckte er schweißüberströmt aus dem Schlaf hoch.

Trotz seines Mitgefühls erwidert Anatole streng:

»Ich verstehe Ihre Qualen, aber Sie scheinen zu vergessen, dass hier ein Mädchen steht, das alles hört.«

Pierre wirft dem Alten einen verstörten Blick zu, überrascht von der Schärfe seiner Stimme, dann sieht er Manon an.

»Sie haben recht, sie war so brav, ich dachte, dass … nein, ich bin bescheuert … Entschuldige, mein Schatz.«

Manon starrt auf die Birke, die von einer Frühlingsbrise gewiegt wird.

»Ich hatte auch Alpträume. Aber das ist vorbei.«

 Pierre knabbert an den Fingernägeln und geht auf und ab. Sein Gesicht zuckt, er kann nicht stillstehen. Zwei Sekunden später stößt er einen Schreckensschrei aus und rast in den Flur. Man hört ihn in einer Schublade wühlen, dann erleichtert auflachen. Er kommt mit siegreicher Miene und zwei Reisepässen ins Zimmer zurück.

»Uff! Sie sind noch gültig. Und Ihr Pass, Anatole, ist der in Ordnung? Schließlich überqueren wir mehrere Grenzen!«

»Oh ja, ich bin sehr genau mit meinen Papieren, auch wenn ich nicht mehr reise. Das geht alles so schnell! Kommt Sophie auch mit?«

Pierre erklärt, dass er tatsächlich sehr bald aufbrechen möchte, wenn möglich gleich morgen. Manon nickt selig. Geradezu atemlos fährt ihr Vater fort:

»Sophie, doch, sie kommt mit, aber gut, dass Sie fragen, ich werde sie anrufen, sie wollte es sich überlegen, aber wir haben keine Zeit zu überlegen, wozu auch, wir müssen handeln, das allein zählt, losfahren, sie wiederfinden, wenn es nach mir ginge, würden wir sofort aufbrechen, aber ich bin ja vernünftig ...«

Bei diesem Wort runzelt Anatole die Stirn.

Pierre eilt mit großen Schritten zum Telefon und drückt die Speichertaste. Seine Finger trommeln auf der Garderobe; er streicht sich hektisch durchs Haar, stößt einen ungeduldigen Seufzer aus.

»He, Sophie, was treibst du denn?«

»...«

»Nein, komm runter, das ist einfacher. Anatole ist auch hier, wir planen unsere Reise. Bis gleich. Nein, jetzt gleich, okay? Danke.«

Anatole muss unwillkürlich lächeln, als er sich das Gesicht der stolzen Sophie vorstellt, die herbeizitiert wird, ohne protestieren zu können.

Dreißig Sekunden später, in denen Pierre ein halbes Bücherregal ausgeräumt hat, ehe er den abgenutzten Marokko-Reiseführer von 1998 in der Hand hält, klingelt es. Die Arme voller Bücher, bittet er Manon aufzumachen. Sie verschwindet und kommt gleich darauf mit ihrer Tante zurück.

Sophie ist wütend, ihre Augen funkeln. Sie baut sich vor Pierre auf, ihr hautenges Baumwollkleid ist so rot wie ihre Wangen.

»Pass auf, mein Lieber, wenn du willst, dass ich mitkomme, hörst du als Erstes auf, hier den Chef zu spielen!«

Beim Anblick des glühenden Gesichts seiner Nachbarin und Pierres fassungsloser Miene muss Anatole plötzlich lachen. Es ist stärker als er, vermutlich das Übermaß an Emotionen. Die Szene ist so absurd, dass Manon gleich mit einstimmt. Sogar Pierre und Sophie lassen sich von diesem spontanen Lachanfall anstecken.

Zwei dicke Tränen fließen über Anatoles faltige Wangen und landen in seinem offenen Mund; es ist Jahre her, dass er so gelacht hat, er hatte dieses Gefühl ganz vergessen, auch die stechenden Krämpfe und die Atemlosigkeit. Manon sitzt auf dem Boden. Pierre klammert sich an einen Stuhl und kämpft mit einem Schluckauf, Sophie hat sich auf das Sofa fallen lassen, ihr ganzer Körper zuckt.

Eine halbe Stunde später sitzen die vier mit schmerzenden Bäuchen und geröteten Augen um eine Europakarte, die Pierre nach Abräumen eines zweiten Regalbretts gefunden hat.

Zuerst diskutieren sie über das Transportmittel. Per Flugzeug geht es natürlich am schnellsten, selbst wenn sie von Paris abfliegen.

Anatole gesteht ihnen jedoch, dass er keinen Flughafen betreten und erst recht kein Flugzeug besteigen kann. Er leidet an Flugangst. Die Bilder der jüngsten Abstürze angeblich zuverlässiger Airlines haben seine Ängste noch verstärkt. Sophie versucht ihm zu erklären, dass das Auto gefährlicher, das Unfallrisiko viel höher sei, aber er lässt sich nicht überzeugen. Schon beim bloßen Gedanken daran wird ihm übel. Einen Flug würde er gewiss nicht überleben: Die Maschine würde in fünftausend Meter Höhe mit allen in diesem Riesensarg eingesperrten Menschen abstürzen. Ein Aufprall von unglaublicher Heftigkeit! Wenn das Flugzeug in vollem Tempo runterkommt, ist das Meer so hart wie Beton. Zerfetzte Flügel, zerrissene Kuscheltiere, zermalmte Körper und die berühmte Blackbox auf einer riesigen Fläche verstreut. Ganz zu schweigen von den Terroristen. Nein, in diese Todesmaschine steigt er auf keinen Fall!

Pierre lässt sich nicht entmutigen: Dann nehmen sie eben sein Auto, das hat den Vorteil, dass sie völlig unabhängig sind.

Ein wenig unwohl ist Anatole bei dem Gedanken an die Reise immer noch, das Alter und der Verlust seiner Kräfte haben ihn zum Hypochonder gemacht. Er will wissen, ob das Auto groß genug ist für vier Personen mit Gepäck, er würde außer Kleidung und einer Reiseapotheke gern seine Fleecedecke und ein paar Bücher mitnehmen. Hoffentlich findet er sein mit Dinkel gefülltes Nackenkissen, denn seine Neuralgie könnte sich durch die Erschütterungen beim Fahren verschlimmern. Außerdem droht eine Thrombose in den Beinen: Wegen der fehlenden Bewegung bildet sich ein Blutgerinnsel, es kommt zu einer Venenentzündung und schließlich zu einer Lungenembolie. Seine Hände beginnen zu zittern, sein Blick wird trüb.

Allmählich geht er Pierre auf den Geist. Es ist immer das Gleiche mit alten Leuten: Sie bestehen auf Bequemlichkeit, und außerdem sind sie halbtaub. Er beugt sich zu Anatole vor und schreit, dass sie nach Süden fahren, dass es Sommer ist, dass sie keine Skianzüge und Fellstiefel mitnehmen. Anatole verdreht die Augen und erklärt, dass er sehr gut höre. Pierre stammelt eine Entschuldigung.

•

Sophie mischt sich ein. Ihr macht die Länge der Reise Sorgen. Pierre beruhigt sie: Marokko ist schließlich nicht am Ende der Welt. Um es ihr zu beweisen, schaltet er den Computer an und ruft den Routenplaner auf. Der errechnet für die Strecke von Nantes bis Südspanien eine Fahrtzeit von fünfzehn Stunden. Sie fahren über Bordeaux, Bayonne und Madrid, dann durch Andalusien bis Algeciras, wo sie die Fähre nehmen. Die Fahrt durch die Meerenge von Gibraltar bis Tanger dauert zwei Stunden. Dann bleiben noch sieben Stunden Küstenstraße über Rabat und Casablanca bis Essaouira. Insgesamt sind es zweitausenddreihundertsiebzig Kilometer.

Nach seiner betretenen Miene zu urteilen, hatte Pierre mit weniger gerechnet, aber er fängt sich schnell. Bloß nicht die anderen entmutigen. In zwei, drei Tagen sind sie da!

Manon nickt begeistert.

»Essen wir Hamburger und Eis? Gibt es einen Swimmingpool im Hotel?«

Die drei Erwachsenen lächeln. Mit einem Kind wird jedes Abenteuer zu einer Reise nach Disneyland.

Pierre beugt sich wieder über die Karte, legt den Finger auf Nantes und folgt einer roten Straße, die nach Spanien führt.

Anatole erinnert Pierre daran, dass man die Reise vorbereiten müsse: Hotels reservieren, Fähre buchen, Geld umtauschen …

Pierre tätschelt ihm beruhigend den Arm und zwingt sich, mit normaler Stimme zu sprechen: Die Fahrkarten kauft er im Internet. Die Hochsaison hat noch nicht angefangen, sie werden ohne Probleme eine Unterkunft finden.

Anatole brummt ein »ja«, das auch unter Folter nicht rauer und gequälter klingen könnte. Jedem Widerspruch zuvorkommend verkündet Pierre, dass sie am nächsten Morgen um sechs Uhr losfahren werden.

Sophie schnappt nach Luft: Sie steht nie vor neun auf! Anatole stammelt, dass man Pausen machen müsse, ein Unfall sei schnell passiert, und wenn man nicht gleich draufgehe, sei man auf jeden Fall gelähmt.

Doch Pierre hört ihnen schon nicht mehr zu. Er ist mit dem Reservierungsformular für die Fähre beschäftigt. Jetzt, wo der Rausch sich legt, packt ihn allmählich die Angst. Manon hat sich in ihr Zimmer zurückgezogen.

Schon zum zweiten Mal an diesem Tag finden sich Sophie und Anatole im halbdunklen Treppenhaus wieder, nachdem Pierre sie vor die Tür gesetzt hat, um die letzten Formalitäten zu erledigen.

Sophie drückt auf den Lichtschalter, Anatole sieht auf die Uhr. Die nächsten Nachrichten beginnen in zwölf Minuten. Und er hat noch keinen Blick in die Literaturbeilage von *Le Monde* geworfen. Er kann sie im Auto lesen, aber dabei wird ihm vielleicht übel. Die Vorstellung, dass Pierre die ganze Operation leitet, beruhigt ihn auch nicht gerade. Er hat in dem Wahn, seine Frau bald wiederzusehen, jeden Bezug zur Wirklichkeit verloren: Als stünde er unter Drogen, scheint er zu glauben, dass alles möglich sei. Kein Hindernis könne ihn aufhalten.

Sophie beschäftigen ganz andere Sorgen. Pierre hat keine

Ahnung, was ihn da unten erwartet: Der Schatten dieses Patrick liegt wie ein drohendes Gespenst über ihrer Reise. Sie beschließt, das Geheimnis für sich zu behalten. Vielleicht war es ja nur ein Strohfeuer. Wenn ihre Schwester geschrieben hat, was Pierre behauptet, will sie sie wiedersehen.

Sophie geht zur Treppe.

»Na gut, ich werde dann mal packen.«

»Ich auch. Nur Mut, äh … Sophie.«

»Ihnen auch, Anatole.«

15

Am nächsten Morgen wird die ganze Truppe von heftigem Regen und einem Weltuntergangshimmel empfangen. Sie drängen sich im flackernden Lampenlicht unter das Vordach. Der Wind zerrt an der Birke, als wollte er sie aus dem Boden reißen. Von ihren Blättern rinnen schwere Tropfen, die Manon gern auffangen würde, aber ihre Hände sind zu klein, um so viele Tränen zu halten.

Sophie zündet sich gähnend eine Zigarette an, Anatole sitzt auf seinem schwarzen Koffer. Was für ein Kontrast: sein fortgeschrittenes Alter und der sportliche Rucksack über dem Regenmantel! Manon drückt unter der gelben Seglerjacke ihren prall gefüllten Schulrucksack an sich, in dem sie Bücher und andere Schätze verstaut hat: ihr Tagebuch, das blaue Tuch, Fotos und Briefe.

Während das Dreiergespann müde zusieht, wie die Wasserfluten große Pfützen auf dem Rasen bilden, stürmt Pierre in Jeans und weißem T-Shirt hinaus in die Sintflut, als scheine die Sonne, und fordert seine Reisegefährten auf, ihm zu folgen. Auf halbem Weg bleibt er mit triefendem Haar stehen. Er dreht sich um, wie ein Kind, das Ochs am Berg spielt, und stellt fest, dass sich Manon, Sophie und Anatole nicht vom Fleck gerührt haben.

Sie beobachten ihn zähneklappernd. Die Feuchtigkeit kräuselt die Strähnen in Manons eilig gebundenem Pferdeschwanz. Sie möchte ihre Tasche mit dem kostbaren Inhalt nicht dem Unwetter aussetzen, die anderen beiden wollen sich nicht schon am Beginn der Reise eine Lungenentzündung holen.

Pierre schreit, um das Rauschen des Regens zu übertönen:

»Ist das ein Witz, oder was? Bis zum Auto sind es keine zwanzig Meter, wenn wir so anfangen, kommen wir nie an.«

»Ich gehe einen Regenschirm holen«, antwortet Anatole und öffnet die Haustür.

Pierre, der nur das letzte Wort gehört hat, rastet aus:

»Jetzt wird gar nichts mehr geholt! Wir fahren los, die drei Tropfen werden euch doch nicht umbringen!«

Als gehorche der Regen seiner Stimme, beruhigt er sich und wird zu einem leichten Nieseln.

»Selbst die Elemente stehen vor dir stramm!«, spottet Sophie, während sie mit Manon durch den Garten läuft.

Pierre hilft dem Alten, der Mühe hat, seinen Koffer zu ziehen. Als Anatole ihn fragt, wo sein Gepäck sei, erklärt er ihm, dass er es schon um fünf Uhr morgens eingeladen habe. Seine Nacht war kurz, der Schlaf häufig unterbrochen. Alle halbe Stunde tauchte er aus einem wirren Traum auf und konnte nicht fassen, dass er seine Frau wiedersehen werde. Dann überlegte er, was er ihr sagen wollte, drehte die Sätze hin und her. In seinem Kopf lief wie in Endlosschleife ein Film ihres Wiedersehens ab. Die Vorstellung, sie in die Arme zu nehmen, tat so gut. Dann schlief er wieder ein. Ein paar Minuten später sah er sie von weitem, braungebrannt und lächelnd, er stürzte ihr entgegen, gestikulierte, schlug dabei mit der Hand gegen die Schrankkante und jaulte wie ein verletzter Hund.

Unter Anatoles mitleidigem Blick verkürzt er den Bericht seiner nächtlichen Qualen:

»Irgendwann habe ich den Versuch zu schlafen aufgegeben. Um mir die Zeit zu vertreiben, habe ich nochmal die Strecke angesehen, Kaffee getrunken und die Taschen inspiziert.«

»Ach so, die Taschen gehören auch zu Ihrer Truppe?«, fragt der Alte, um die Stimmung aufzulockern.

Pierre zuckt mit den Schultern, Sophie zwinkert ihm zu. Sie hat ihren Schwager immer gern gehänselt, früher, als er noch über sich selbst lachen konnte. Heute steht ihm der Sinn nicht nach Scherzen.

Das vom Regen saubergewaschene Auto steht vor dem Gartentor. Pierre verstaut das Gepäck im Kofferraum. Weil der Platz nicht ausreicht, stellt er eine Tasche vor den Sitz seiner Tochter. Die Regenmäntel stopft er in die Zwischenräume.

Anatole möchte gern hinten neben Manon sitzen.

Endlich springt der Motor an. Manon beobachtet, wie Anatole angestrengt neben ihr herumrutscht. Während das Auto im Nieselregen anfährt, sucht er eine Position, in der er es ein paar Stunden aushalten kann, ohne dass ihm sofort die Gliedmaßen einschlafen, denn so kündigt sich die Thrombose an. Er gerät in Panik: Sein Ischias schmerzt, seine Hüfte zwickt, das hält er niemals durch! Wenn er wenigstens das Bein etwas ausstrecken könnte! Eine Kateridee, in seinem Alter, das ist doch Wahnsinn! Er hat sich offenbar überschätzt.

Er will Pierre schon bitten umzukehren, da schiebt sich eine kleine Hand in seine.

Anatole ignoriert seinen kränklichen Körper und betrachtet Manon: Sie sieht reizend aus mit ihren Sommersprossen.

Inzwischen bittet Pierre Sophie, die neben ihm sitzt, die oberste CD aus dem Handschuhfach einzulegen. Sie öffnet das Fach, greift hinein und hält Anaïs' Lieblingsalbum in der Hand, französische Lieder, von Blues bis Rock.

Kritisch sieht sie Pierre an.

»Du warst in den letzten Monaten nicht gerade gesprächig.«

»Wenn ich über meinen Kummer geredet hätte, wäre ich endgültig zusammengebrochen, aber das ging nicht, wegen Manon.«

Pierre wirft einen Blick in den Rückspiegel und beobachtet, wie Anatole dem gebannt lauschenden Mädchen ein Kapitel aus dem *Kleinen Prinzen* vorliest.

»Entschuldige bitte, aber den ganzen Tag vor der Glotze zu hängen, ohne dich zu waschen, das war für Manon viel schlimmer als ein paar ordentliche Tränen in der Öffentlichkeit. Das war kein Zusammenbruch, das war ein Untergang.«

Sie imitiert mit der Hand ein sinkendes Schiff.

»Die Titanic war nichts im Vergleich zu dir.«

Pierre schweigt. Zugegeben, er hat sich einer gewissen Melancholie hingegeben, aber deswegen gleich von Untergang zu sprechen …

Während er in Richtung Autobahn fährt, zwingt er sich zu einem ehrlichen Blick auf sein Verhalten nach Anaïs' Verschwinden. Er hatte gerade ein schönes Büro im Stadtzentrum von Nantes gemietet und die ersten Mitarbeiter eingestellt, als alles ins Wanken geriet. Anstatt seine Tochter zu beruhigen, hatte er seine Arbeit vernachlässigt und sich zuhause verkrochen.

Sophies Anschuldigung konfrontiert ihn mit dem, was aus ihm geworden war: der Schatten eines Mannes, der den ganzen Tag auf sein iPhone starrt. Sobald eine Nachricht eintraf, stürzte er sich darauf wie ein tollwütiger Hund; las er einen anderen Absendernamen, zerriss es ihm jedes Mal das Herz.

»Ich dachte, ich hätte wenigstens noch einen Anschein von Würde bewahrt«, antwortet er schließlich halbherzig.

»Wirklich?«

»Ja, wegen Manon.«

»Ach, hör doch auf mit deinem ›wegen Manon‹, ›wegen Manon‹, sie war noch nie so allein, die Arme! Ich habe mehrmals versucht, dich wachzurütteln, aber wenn sie am nächsten Tag aus der Schule kam, saß sie wieder an derselben Stelle. Weißt du, wo?«

»Also, abends … machte sie Hausaufgaben in ihrem Zimmer oder ging zum Lesen in den Garten.«

»Das ganze Haus fragte sich, warum ein kleines Mädchen stundenlang mit Katzen und Ameisen spricht! Hat dich das nicht beunruhigt?«

»Du übertreibst! Ich war vielleicht ein bisschen abgestumpft vom Bier, der Schlaflosigkeit, der Sorge. Ich hatte keine Kraft mehr, mich um sie zu kümmern, ich dachte, sie kommt klar.«

»Sie kommt klar? Mit acht Jahren, nachdem sie von ihrer Mutter verlassen wurde? Ich schiebe es mal auf deine Depression. Ihr brauchtet beide Hilfe.«

»Weißt du eigentlich, dass es wehtut, was du da sagst? Du bist irre stolz auf deine großartige Offenheit, du brüstest dich damit, dass du den Leuten immer die Wahrheit ins Gesicht sagst, aber du überlegst dir nicht, wie sehr du sie damit verletzt! Und außerdem steckst du nicht in ihrer Haut, also spar dir dein Urteil.«

Etwas verschämt schiebt Sophie die CD ein. Während sie die grünen und gelben Felder vorbeiziehen sieht, lässt sie sich von einer samtweichen Stimme bezaubern. Manon schaut auf.

»Das ist Mamas Lieblingssänger, die CD fehlt ihr bestimmt!«

»Bald hört sie sie wieder, mein Liebes.«

»Hast du gehört Papa, Anatole liest mir aus dem *Kleinen Prinzen* vor. Hast du das Buch gelesen?«

»Ja, vor langer Zeit. Ich erinnere mich an die Bilder, ein Planet, ein trauriger Junge und ein Fuchs, stimmt's?«

»Ungefähr. Der Mann, der die Geschichte erzählt, trifft den Kleinen Prinzen in der Wüste. Sein Flugzeug ist kaputt.«

»Ja, ja, stimmt. Und der Junge bittet ihn, ein Schaf zu zeichnen.«

»Anatole ist ein bisschen mein Pilot, und das Flugzeug, das er repariert, sind seine alten Knochen.«

»Seine alten Knochen?«, fragt Sophie und unterdrückt ein Lachen.

»Sie hat nicht unrecht. In der Wüste meines Lebens kümmere ich mich nur noch um meine rostigen Gelenke, den Ölstand in meinem Schädel und meinen täglichen Treibstoff: diese widerlichen Fertigmahlzeiten, die täglich zu festen Zeiten geliefert werden, übrigens die gleichen wie im Altersheim.«

»Du hast mit mir gesprochen, wie der Pilot mit dem Kleinen Prinzen. Und im Buch repariert er sein Flugzeug am Ende auch.«

»Ja, aber der Kleine Prinz verschwindet …«

»Er kehrt zu seiner Rose auf seinem Planeten zurück.«

»Ich weiß noch, dass es ziemlich poetisch war«, sagt Pierre. »Aber ich glaube, damals habe ich noch nicht alles verstanden.«

Als sie Nantes verlassen und die Autobahn in Richtung Bordeaux erreichen, öffnet sich vor ihnen ein vom Regen reingewaschener Morgenhimmel. Der Halbmond ist noch zu sehen. Manon kann die Augen nicht davon losreißen. Noch ein Stück weiter weg steht der Kleine Prinz inmitten seiner Vulkane auf seinem winzigen Planeten und begleitet sie auf dem Weg zu ihrer Mutter.

16

Die Bäume mit ihren grünen Blättern ziehen an Manons Augen vorbei: Pappeln, Platanen, Eichen, Kiefern und andere, die sie nicht kennt. Sie sieht auch Birken, aber keine ist so schön wie die in ihrem Garten mit ihrem leichten Blattwerk und dem anmutigen Stamm, der in den Himmel ragt und die Vögel anlockt. Diese Birke ist so besonders, beinah heilig.

Wie schade, dass Bäume nicht reisen, denkt sie. Sie können mehrere hundert Jahre alt werden, aber sie bleiben ihr ganzes Leben an einem Ort stehen. Warum eigentlich?

Auf der Straße nach Bordeaux begegnen ihnen nur ein paar Lastwagen und wenige Autos. In dieser monotonen Landschaft freut sich Manon über jede Lektüre und liest sogar die Hinweise zur Verkehrssicherheit, die den Straßenrand säumen:

Alle zwei Stunden eine Pause!

Du warst nur ein bisschen zu schnell,
Du hast nur ein bisschen getötet.

Sie ist gelb, sie ist hässlich, sie passt zu nichts,
aber sie kann ein Leben retten.

Während die schmachtende Stimme zum zweiten Mal dieselben Lieder über Liebe und Einsamkeit singt, kaut Sophie ein Nikotinkaugummi und liest in dem Marokko-Reiseführer. Die Musik hat Anatole in den Schlaf gewiegt, er hat den Kopf auf die Brust sinken lassen und sabbert ein wenig. Der *Kleine Prinz* liegt auf seinem Schoß. Pierre scheint sich auf die Straße zu konzentrieren, ist mit den Gedanken aber woanders. Er reist durch den Nebel seiner Erinnerungen oder liegt bereits in Anaïs' Armen.

Ganz leise, um ihren schnarchenden Nachbarn nicht zu wecken, öffnet Manon den Reißverschluss an ihrem Rucksack und zieht ihr Tagebuch heraus. Vorsichtig und wie immer mit einem flauen Gefühl, greift sie nach den Fotos und Briefen ihrer Mutter, die zwischen den Seiten liegen. Aber das Gefühl beim Lesen ist heute ein neues. Weniger Wehmut, mehr Optimismus. Sie weiß, dass sie bald wieder den einzigartigen Duft ihrer Haare riechen wird.

Sie starrt auf die vertrauten Worte, als könnten sie ihr einen Hinweis auf das geben, was sie in Marokko erwartet. Ganz bestimmt wird Mama auf sie zu rennen und sie an sich drücken. Aber trotzdem … Manon kann einfach nicht vergessen, dass ihre Mutter sie verlassen hat.

Und wenn sie sie nun nicht mehr mag? Vielleicht ruft sie hinter ihrer schönen, mit Kupfernägeln und einem bronzenen Klopfer verzierten Holztür, dass sie wieder verschwinden sollen!

Plötzlich wird Manon ganz kalt. Um ihre Angst zu vertreiben, steckt sie die Fotos und Briefe schnell wieder weg.

Dann sieht sie aus dem Fenster. Die grauen und rosafarbenen Wolken weichen der strahlenden Sonne. Manon blinzelt und sucht den Himmel ab: keine Spur mehr vom Mond. Auch von dieser Nacht, in der sie sich ständig herumgewälzt hat, ist nichts mehr übrig.

Wie langweilig. Die Fahrt dauert ewig. Sie muss aufs Klo. Und sie hat Durst. Außerdem kann sie wegen der Tasche unter ihren Füßen nie die Beine ausstrecken. Mit trockener Kehle beugt sie sich zu ihrem Vater vor:

»Papa, sind wir bald da?«

»Noch nicht direkt. Aber wir machen gleich Pause.«

Als Sophie das hört, sucht sie sofort in ihrer Handtasche nach den Zigaretten.

Anatole wacht auf. Er wischt sich den Mund ab und schämt sich wegen des Speichelfadens, der ihm über das Kinn gelaufen ist und den Hemdkragen durchnässt hat.

Fünf Kilometer weiter hält Pierre an einer Raststätte. Erschöpft krabbeln die vier Abenteurer aus dem Auto. Anatole muss sich von Sophie helfen lassen.

Zehn Minuten später sitzen sie mit entspannten Gliedern und einem warmen Getränk auf Barhockern neben dem Stand mit Kuscheltieren und regionalen Produkten.

Sophie hat einen Stapel herabgesetzter, veralteter Ausgaben von Mode- und Gesundheitsmagazinen gekauft. Nach der ersten Zigarette ist sie wieder guter Laune.

Pierre faltet die Frankreichkarte auseinander.

»Was bedeuten die Ws?«, fragt Sophie und schlürft ihren Cappuccino.

»Weldom, die Heimwerkerläden. Ich hatte keine andere.«

»Hättest du nicht eine mit allen Body Shops finden können? Das wäre doch viel interessanter!«

»Oder mit McDonald's, so eine hatten wir früher, die war toll!«, ruft Manon.

Pierre ignoriert die Kommentare und deutet mit dem Zeigefinger auf ihren gegenwärtigen Standort Niort. Bis zum Mittag werden sie in Bordeaux sein und vor dem Abend an der Grenze.

Beim Blick auf die Karte wird dem alten Lehrer plötzlich bewusst, dass sie ganz nah an der Dune du Pilat vorbeifahren werden, und er gibt verschmitzt zu, dass er früher immer mit seinen Freundinnen dorthin gefahren sei. Pierre lächelt, während Sophie ihn sofort mit Fragen bestürmt. War er verheiratet? Wie viele Frauen? Anscheinend war er ein richtiger Don Juan!

Das Liebesleben des Alten interessiert sie brennend.

Natürlich hat er nicht immer nur unterrichtet, er hatte auch ein Liebesleben, als er jung war. Normal. Warum wundert sie das so?

Irritiert von Sophies Fragen wendet sich Anatole an den diskreteren Pierre. Ohne sich große Hoffnung zu machen, schlägt er ihm vor, mittags dort zu picknicken.

Die anderen blicken ihn überrascht an.

Manons Vater reagiert verärgert. Hier gibt es wohl ein Missverständnis: Sie machen keinen Tourismus, keine verrückten Umwege, um alte Liebeserinnerungen zu beleben, sie fahren nach Marokko! Schließlich warte Anaïs auf sie.

Sophie versucht, Pierre in die Schranken zu weisen:

»Nun mach mal halblang, Pierre! Deine Wünsche verdrängen allmählich die Realität. Nur zur Erinnerung: Anaïs hat keine Ahnung, dass wir zu ihr unterwegs sind.«

»Vielleicht spürt sie es«, wagt Manon vorzuschlagen.

Pierre, der sich seines letzten Satzes etwas schämt, drückt dankbar ihre Hand.

Anatole gibt nicht so schnell auf, sondern versucht es noch mal: Sie könnten auf der Düne Sandwiches essen, es ist kein großer Umweg. Sophie seufzt. Der Alte ist unglaublich: Eben noch musste sie ihn beinahe aus dem Auto tragen, und plötzlich fühlt er sich fit genug, um den Mont Blanc zu besteigen. Sonst weigert sie sich immer, seine Klagen ernst zu nehmen, aber jetzt ist sein Optimismus doch etwas überzogen.

Pierre tätschelt den Arm des Alten und nimmt ihn mit lauter Stimme ins Gebet.

»Anatole, Ihre Geschichte mit der Düne ist Unsinn. Wie alt waren Sie, als Sie das letzte Mal oben waren?«

»Ungefähr vierzig.«

»Und heute?«

»Doppelt so alt.«

Pierre verdreht die Augen. Dem ist nichts mehr hinzuzufügen. Anatole ist gekränkt. Schließlich sitzt er noch nicht im Rollstuhl, und seit einem Monat ist er wieder ganz gut in Form. Er findet es viel gefährlicher, in einem engen Auto mit hohem Lungenemboliepotenzial durch Spanien und Marokko zu fahren, als einen Sandhaufen zu besteigen. Aber er ist zu höflich, um weiter zu drängen. Als er sich schon mit seiner Niederlage abfinden will, übernimmt plötzlich Manon den Staffelstab.

Sie versichert ihrem Vater, wie gern sie auf die Düne klettern würde. Wo sie doch noch nie auf einem Berg war!

Dann lehnt sie den Kopf an den zitternden Arm des Lehrers, und der gerührte Pierre stammelt, dass er seiner Tochter nach all dem, was er ihr angetan habe, diesen Wunsch nicht verweigern könne.

Er rechnet eilig: Dann kommen sie eben abends nach Spanien!

17

Triste Ebenen und grüne Wallhecken bestimmen die Landschaft, dazwischen leuchtend gelbe Rapsfelder, aber Anatole sieht sie nicht.

Die Aussicht, noch einmal auf die größte Düne Europas zu klettern, belebt sein müdes Gedächtnis. Dieser Ort war für ihn früher der Gipfel der Romantik.

Anatole erinnert sich an die Frauen, die er begehrt hat, an ihr Lachen und seine Finger auf ihrer Haut, an das Gefühl, das Leben vor sich zu haben. Er stellt sich vor, wie sie heute ihre welke Schönheit im Spiegel betrachten und sich an ein paar Momentaufnahmen der Vergangenheit klammern: junge Körper voller Leidenschaft, geflüsterte Liebesschwüre in einer Zeit und einem Raum, wo das Alter und das Nachlassen der Sinne und Kräfte nicht existierten.

Manon scheint seine Gedanken zu lesen.

»Du hast also deine Freundinnen auf die Düne geführt?«

»Wie? Äh, ja, einige von ihnen.«

»Das ist süß.«

Sie spricht mit ihm, als wäre er das Kind.

»Hast du sie geküsst?«

»Ja.«

»War euch schwindelig?«

»Ja, aus verschiedenen Gründen.«

»Konntet ihr die Wolken berühren?«

»Fast.«

»Und auch die Sterne?«

»Ich habe in meinem Rucksack ein paar mitgenommen.«

Manon lächelt.

Ein dunkler Vogelschwarm fliegt nah über ihren Köpfen vorbei. Anatole richtet sich auf: Braune Sichler! Richtig, die Sümpfe des Poitou sind nicht weit. Früher kam er sonntags oft hierher.

Er freut sich, seine Leidenschaft für Ornithologie mit Manon zu teilen, und entführt sie in seine Erinnerungen, als er mit dem Fernglas um den Hals in einem Boot über Seen glitt oder sich zwischen den Weiden versteckte.

Er beobachtete Schwäne, Blässgänse, Graureiher und Meergänse mit hübschem Gefieder. Wenn er seine Tage mit unaufmerksamen Schülern verbracht hatte, brauchte er diese Abwechslung, um Energie zu schöpfen, seine Gedanken schweifen zu lassen und die Einsamkeit seiner Kindheit wiederzufinden.

Er wanderte durch die Natur, um seine Ängste loszuwerden. Wenn er durch die Venise Verte lief und den Vögeln lauschte, war er kein Französischlehrer, kein schüchterner Liebhaber mehr. Der Anblick der Teiche, über die lautlose Boote fuhren, beruhigte ihn.

Manon erinnert sich an die Fotos, die in seinem Wohnzimmer hängen.

Pierre, der ihnen mit halbem Ohr zuhört, erzählt Manon, dass ihr Großvater auch gern die Vögel in seiner Umgebung beobachtet hatte. Er war ebenso wie Anatole ein großer Naturfreund.

Das beschäftigt Manon eine Weile. Vielleicht sind sich die beiden Männer auf den von Weiden und Teichen gesäumten Wegen begegnet, als sie selbst noch gar nicht auf der Welt war, vielleicht haben ihr Großvater und Anatole mit den gleichen Ferngläsern um den Hals dieselben Sümpfe erforscht. Keiner von beiden ahnte, dass sie später einmal dasselbe kleine Mädchen gernhaben würden.

Manon fragt den Lehrer:

»Warum wollen die Leute überall Straßen bauen und die Vögel und Bäume vertreiben?«

»Naja, man versucht zwar, so viel wie möglich zu bewahren. Aber die Leute wollen schnell und ohne Grenzen herumreisen. Städte, Bahngleise und Straßen breiten sich immer weiter aus, verwüsten die Dörfer und die Natur.«

»Das ist traurig«, antwortet die Kleine. »Hoffentlich fällen sie nicht meine Birke.«

Anatole beruhigt sie. Niemand wird ihr ihren Baum wegnehmen. Aber ganz sicher ist er nicht. Erst kürzlich haben die Eigentümer des Nachbargrundstücks beschlossen, eine prächtige Kiefer zu fällen, nur weil sie ihnen ein bisschen Sonne genommen hat. Es hat ihm das Herz gebrochen, als er zusehen musste, wie sie Ast für Ast zerlegt wurde. Eine vom Menschen beschlossene Tötung der Natur.

Anatole schüttelt deprimiert den Kopf. Er versucht sich auf die Straße zu konzentrieren, ein Traktor, ein Bächlein, ein Bussard auf einer Stromleitung, ein Drachenflieger. Was nützt es, all das aufzuwühlen. Die ganze Welt müsste ihr Bewusstsein ändern, um diese Entwicklung zu stoppen. Aber bis das geschieht, ist er schon lange tot.

Manon überlegt. Es tut ihr leid um die Vögel und die Bäume, die verschwinden, aber das ist nicht alles. Sie hat auch Mitleid mit ihrem alten Freund, der so lange allein war und in einem Boot auf Graureiher wartete.

Sie zögert, dann fragt sie etwas unsicher nach seinen Freunden. Zwar spürt sie, dass diese Frage irgendwie ungehörig ist, aber sie möchte wissen, ob er wirklich niemanden hat. Ist es möglich, sein Leben allein zu beenden, wo es doch so viele Menschen auf der Welt gibt?

Anatole runzelt die Stirn. Seine Freunde … alles alte Käuze wie er, die im Altersheim auf den letzten Atemzug warten, wenn sie nicht schon unter der Erde sind. Wenn ein Mensch stirbt, den man vorher schon aus den Augen verloren hat, bekommt man es nicht mit. Man spürt gar nichts. Er ist nicht mehr da und Schluss. Man stirbt, und die Erde dreht sich weiter. In fünfzig Jahren kennt niemand mehr den Namen und das Gesicht. In drei oder vier Generationen ist jede Spur von seinem Dasein auf Erden ausgelöscht, wenn man nicht gerade ein großartiges

Werk hinterlässt, das einen überlebt. Seine ehemaligen Freunde sind nur noch Schatten seiner Erinnerung, fast könnte man sich fragen, ob sie je existiert haben. Ihre Gesichter sind unscharf, nur ein Lächeln, ein Blick, eine Geste oder ein Gesichtsausdruck widerstehen der Zeit, die alles vernichtet und begräbt.

Manon streicht über seine Hand. Er ist weit weg. Hat er ihre Frage überhaupt gehört? Vielleicht würde es ihm guttun, ein bisschen zu schlafen.

Er zuckt zusammen und entschuldigt sich. Das liegt so lange zurück, er erinnert sich nur noch vage. Freunde, ja, im Gymnasium hatte er viele. Als er anfing zu arbeiten, blieb er mit drei oder vier im Kontakt, heute sieht er sie nicht mehr. Sie haben eine Familie gegründet, er nicht. Und weil sie nicht mehr die gleichen Sorgen hatten, entfernten sie sich voneinander. Seine früheren Kollegen haben sich nach der Pensionierung noch zwei, drei Jahre gemeldet, dann haben auch sie ihn vergessen.

Anatole wendet den Blick ab.

Pierre liegt die CD einer Soulsängerin ein, die Anaïs oft gehört hat.

Sie fahren jetzt an Weizenfeldern vorbei, die Ähren biegen sich im Wind.

Kühe, manchmal auch Esel fressen Gras oder Disteln und beleben die Einförmigkeit der Landschaft.

Das Mädchen beobachtet eine Weile die Tiere, dann vertraut sie Anatole ihren Gedanken an.

»Du hast zwar keine eigenen Kinder, aber dafür hast du mich gefunden.«

Der Alte setzt stammelnd zu einer Antwort an, schweigt dann aber lieber.

Er findet nicht die richtigen Worte um zu beschreiben, wie sehr sich sein Leben geändert hat. Nie mehr allein in einem Boot übers Wasser fahren, nie mehr in die dunklen Tiefen starren! Kein eisiger Todesatem in seinem Nacken.

18

Kurz vor Bordeaux werden die Getreidefelder durch lange Reihen von Weinstöcken auf beiden Seiten der Straße abgelöst. An den Ästen hängen Trauben mit winzigen grünen Beeren.

Inmitten der Weingüter stehen Schlösser und Herrenhäuser. Werbeschilder laden zur Verkostung und Besichtigung der Keller ein.

Pierre biegt in Richtung Arcachon ab. Anatole ist hin- und hergerissen zwischen der Ungeduld, seine Düne wiederzusehen, und der Furcht, dass ihn sein Körper beim Aufstieg im Stich lassen könnte. Dank seiner Stützstrümpfe spürt er bisher keine Anzeichen von Gerinnseln oder einer Embolie. Nur sein Rücken leidet etwas unter der Enge. Er streckt die Zehen in den Lederschuhen, die nicht gerade für eine Sandwanderung geeignet sind, und drückt die Beine durch. Zu seinem Entsetzen knackt es in seinem rechten Knie, dann fällt das Bein leblos auf die Bank zurück. Der Versuch, es erneut zu bewegen, foltert seine Kniescheibe.

Mit Tränen in den Augen verflucht er das Alter, das ihm keine Gnade gewährt.

Eine knappe Stunde später erreichen sie Arcachon. Das Auto füllt sich mit dem Duft von Eukalyptus und Pinien. Pierre hält vor der ersten Bäckerei an. Er parkt am Rand der von Oleandern gesäumten Straße und wendet sich an Sophie, die nur einen Gedanken im Kopf hat: rauchen.

»Gehst du bitte Sandwiches und Wasser kaufen?«

Sophie greift nach ihrer Handtasche. Das gebieterische »Aber schnell bitte«, das er hinzufügt, während sie nach Kleingeld sucht, bringt sie aus der Fassung.

Sie knallt wütend die Beifahrertür zu. Wie ihr Schwager hier den Chef spielt, wird allmählich unerträglich. Auf fünf Minuten kommt es doch wohl nicht an, verdammt nochmal! Anstatt direkt in die Bäckerei zu gehen, lehnt sie sich demonstrativ gelassen ans Schaufenster und zündet sich eine Zigarette an.

Allerdings hat sie nicht mit der Heftigkeit von Pierres Reaktion gerechnet. Er rastet regelrecht aus. Zum Entsetzen von Manon und Anatole, die sich in Grund und Boden schämen, brüllt er wütend, dass er die Schnauze voll habe von ihrem Schwachsinn: die Zigaretten von Madame, die Düne von Monsieur, er müsse seine Frau wiederfinden, aber das sei offenbar allen egal.

Die seit Monaten angestauten Gefühle brechen sich Bahn, es ist ein richtiger Nervenzusammenbruch.

Schließlich lässt er den Kopf nach vorn fallen, seine Stirn stößt gegen das Lenkrad. Er ist so wahnsinnig müde vom stundenlangen Fahren nach einer schlaflosen Nacht in Gesellschaft dieser Egoisten, die nur ihr eigenes Wohl im Kopf haben.

Am liebsten würde er allein weiterfahren. Oder aufgeben. Was soll das alles? Will Anaïs ihn überhaupt wiedersehen? Nein, er hat sich geschworen, sich diese Frage nicht zu stellen. Sie brauchte eine Ablenkung, musste weg, aber sie liebt sie noch, Manon und ihn. Sie haben so viel geteilt. Sie hatten schwere Zeiten, das stimmt, aber nicht nur. Es gab doch auch gute Momente, oder? Er ist von Zweifeln und Müdigkeit überwältigt.

Plötzlich spürt er eine Hand auf seiner Schulter.

»Es tut mir leid, Pierrot. Du bist total erledigt! Ich wollte dich nicht provozieren. Ich kaufe das Picknick und dann fahren wir.«

Sophies schuldbewusste Stimme besänftigt Pierre. Er wendet den Kopf ab, damit sie seine feuchten Augen nicht sieht.

»Ich kann nicht mehr. Wenn wir Pause machen, schlafe ich eine Runde.«

»Ja. Danach geht's dir bestimmt besser. Komm schon, Kopf hoch!«

Sophie verschwindet in der Bäckerei und kommt ein paar Minuten später mit einer prallgefüllten Plastiktüte zurück. Eine Möwe kreist über ihr und stößt spitze Schreie aus. Manon ist erleichtert, dass sich ihr Vater beruhigt hat, und entdeckt begeistert die Coladosen in Sophies Tüte.

Resigniert fährt Pierre zur Dune du Pilat. Er stellt das Auto auf einem Parkplatz ab, der, nach den Hinweistafeln zu urteilen, ihrem Ziel sehr nah sein muss. Anatole quält sich aus dem Wagen. Pierres Wutanfall hat ihn aus dem Gleichgewicht gebracht.

Die Saison hat noch nicht begonnen, und der Parkplatz ist leer. Ein Mann mit einem Labrador weist ihnen den Weg. Die Düne breite sich in Richtung Straße aus, jedes Jahr fresse der Sand vier Meter Wald, fügt er mit düsterer Stimme hinzu. Manon ruft entsetzt: Der Sand frisst die Bäume? Der Spaziergänger nickt. Mit einem Seitenblick auf Anatole erklärt er ihnen, dass eine Treppe die Düne hinaufführe. Sie habe allerdings mehr als hundertfünfzig Stufen.

Der Alte zuckt mit den Schultern. Was mischt der sich ein? Er weiß schon selber, was er leisten kann. Seit einem Monat fährt er nicht mehr Fahrstuhl, er ist trainiert. Die Gewohnheit, alte Leute zu unterschätzen, geht ihm allmählich auf die Nerven. Sophie antwortet lachend, Anatole sei ein Dickkopf, außerdem sei es seine Idee gewesen. Er kocht innerlich. Was fällt ihr ein, hier sein Leben zu erzählen? Frauen sind einfach zu geschwätzig. Das ist einer ihrer größten Fehler.

Er grummelt, dass sie es eilig haben, und macht sich auf den Weg. Er zerrt seinen Körper so schnell vorwärts, wie es seine müden Knochen erlauben, um Pierre seine Kraft und Ausdauer zu beweisen. Die beiden Männer gehen also voran, gefolgt von Manon und ihrer Tante.

Endlich erreichen sie den Fuß eines sehr breiten, etwa hundert Meter hohen Sandbergs, auf dem ein paar Pinien wachsen, die wohl bald gefressen werden, wie Manon traurig denkt.

Eingeschüchtert nähert sich Anatole der Düne. Niemals hätte er auch nur einen rostigen Heller darauf gewettet, dass er noch einmal hierherkommen würde. Im Bewusstsein, einen für ihn historischen Moment zu erleben, macht er sich an den Aufstieg.

Eins, zwei, drei, alles gut, er wird die hundertfünfzig Stufen mühelos schaffen, vier, fünf, sechs, er atmet schneller, zwölf, er schwankt, fünfzehn, er ringt nach Luft und bleibt stehen. Der Weg vom Parkplatz hat seine mageren Energiereserven aufgebraucht: Sein Rücken droht zu brechen, sein Knie brennt wie Feuer, sein Kopf ist eine schwere Eisenkugel. Es ist zum Heulen. Als er das letzte Mal hier war, ist er beschwingten Schrittes direkt im Sand hochgelaufen.

Mit einem Blick hinter sich schätzt er die zurückgelegte Entfernung: vielleicht ein Zehntel. Es ist nur eine hundert Meter hohe Düne, aber vor seinen mutlosen Augen erhebt sich der mit unpassierbaren Gletschern bedeckte Everest. Er taugt zu gar nichts mehr! Er wäre besser bei seinen Büchern und seinem Voltairesessel geblieben, anstatt hier so eine Niederlage zu erleben.

Was hatte er sich denn vorgestellt? Die Alten klettern nicht mehr auf Bäume, das ist Tatsache, er hätte niemals zulassen dürfen, dass ihn jemand vom Gegenteil überzeugt.

Er will schon kehrtmachen, da packt ihn Sophie am Ärmel.

»Nein, nein, mein Lieber, hier wird nicht kapituliert. Pierre, hilfst du mir?«

Pierre packt den linken Arm des Alten, Sophie stützt ihn von rechts. Sie tragen ihn beinahe, und Anatole schafft es, den Weg fortzusetzen. Als er sich mit ihrer Hilfe wieder an den Aufstieg macht, spürt er zwei kleine Hände auf dem Rücken, und es fühlt sich an, als seien ihm Flügel gewachsen.

Am Gipfel angekommen, stoßen alle vier einen Seufzer der Erleichterung aus.

Der vom Wind mit Furchen durchzogene Sand erstreckt sich hunderte Meter nach links und rechts. Vor ihnen funkelt die Bucht von Arcachon. Im Westen der Atlantik. Hinten endlose Kiefernwälder. Unter ihren Füßen liegt eine scheinbar unberührte Sandwüste. Alle vier ergreift das seltsame Gefühl, das Ende der Welt erreicht zu haben. Eine Explosion von Gerüchen, die Mischung aus der jodhaltigen Luft und Kiefernharz, raubt ihnen den Atem.

Wie betäubt schließt Manon die Augen und macht einige Schritte auf das Meer zu. Sie kommt sich vor wie auf dem Gipfel einer riesigen Sandburg. Die Sonne steht hoch am Himmel, keine Wolke dämpft ihr Licht.

Anatole wendet seine Aufmerksamkeit von der Landschaft ab und beobachtet die Kleine. Sie reckt ihr zartes Kinn dem Ozean entgegen und blickt mit nachdenklicher Miene zum Horizont, ihr Tuch weht im Wind. Der Kleine Prinz auf seinem Planeten betrachtet die Unendlichkeit des Universums, sein Schal flattert. Die Bilder überlagern sich und werden eins.

Inzwischen haben sich Pierre und Sophie hingesetzt und holen ausgehungert die Sandwiches hervor. Manon und Anatole stoßen auch dazu. Alle ziehen die Schuhe aus, um den feinen Sand unter den Füßen zu spüren.

Sie verschlingen die Sandwiches, aus denen Hühnerfleisch, Salat und Mayonnaise quellen, als wäre es der edelste Kaviar oder der beste Hamburger.

»Guckt mal, so viele Farben!«, ruft Manon begeistert.

Wie aus dem Nichts sind zehn rote, gelbe und grüne Gleitschirme aufgetaucht und kommen auf sie zu. Die geblähten Schirme kreuzen sich vor dem Blau des Himmels. Ein Flieger nähert sich der Düne und streckt die Hand aus, um in den Sand zu greifen, ehe er in Richtung Ozean davonschwebt.

Pierre hat sich auf den Rücken gelegt. Er zieht sich die Kapuze über die Augen und schläft ein.

Es gibt nur sie, die Düne und die Gleitschirme. Da tauchen drei Teenager auf. Sie sind noch atemlos vom Treppensteigen, scheinen aber an die Landschaft gewöhnt zu sein, denn sie streifen das Panorama nur mit einem gelangweilten Blick.

Als sie auf gleicher Höhe sind, bleibt einer der drei stehen und starrt Sophie an. Er sagt etwas zu seinen Freunden, die sie ebenfalls ansehen und in abfälliges Lachen ausbrechen. Anatole erwartet, dass sie die Jungen mit ihrem gewohnten Selbstbewusstsein in die Schranken weist, aber sie wendet sich ab.

Der Wortführer lässt seine Zähne blitzen und grinst brutal. Er geht noch näher an Sophie heran, um sie zu betrachten, während seine Freunde weiter feixen. Erstaunt hört der Alte die Wörter »Transe« und »Perücke«.

Dann besinnt er sich auf seine Lehrergewohnheiten und befiehlt ihnen, zu verschwinden. Manon, die Tränen in den Augen hat, blitzt sie wütend an.

Überrascht von den Reaktionen des Alten und des Mädchens, das mit hochrotem Kopf aufspringt, als wollte es sich auf sie stürzen, machen sich die Jungen davon.

Anatole versucht, Sophie zu beruhigen: Sie sind noch so unreif in diesem Alter und denken sich irgendwas aus, um sich wichtig zu machen, das sei normal.

Sophie presst die Lippen aufeinander und folgt mit den Augen einem regenbogenfarbenen Gleitschirm. Als Manon ihre Hand nimmt, seufzt sie, wie schwer es doch sei, sich gegen boshafte Blicke zu wappnen.

Anatole hört ihr verständnisvoll zu, aber plötzlich ergibt alles einen Sinn: seine Zweifel, die Andeutungen von Pierre und Manon, sein anfängliches Unbehagen mit dieser … Person. Seine Finger verkrampfen sich um den Kragen seiner Tweedjacke.

Der Horizont verdunkelt sich, während Anatole, dem die Wahrheit blitzartig klar wird, sein Baguette in den Sand erbricht.

19

Pierre erwacht allmählich und streckt sich. Er öffnet die Augen, aber es blendet ihn, und er schließt sie sogleich wieder. Wie gerädert setzt er sich auf und legt die Hand vor die Stirn; er begreift nicht gleich, wo er ist. Ein paar Minuten lang starrt er auf die bunten Gleitschirme, die in akrobatischen Kunstflügen die Düne berühren und dann zurück zum Meer fliegen. Er vergräbt die Zehen im Sand und seufzt vor Wohlbefinden.

Dann endlich nimmt er das Schweigen seiner Reisegefährten wahr. Er sieht sie überrascht an.

Anatole ist ganz bleich und scheint die Schönheit, die ihn umgibt, nicht mehr wahrzunehmen. Er hat den Kopf zum Boden gebeugt und die Arme um den Oberkörper geschlagen, als sei ihm kalt. Aber sie hatten ihn doch gewarnt, dass er zu alt sei, um den Bergsteiger zu spielen! Manon hält zum ersten Mal seit langer Zeit die Hand von Sophie, die wiederum in die Ferne starrt und raucht.

Als Sophie merkt, dass Pierre wieder zu sich gekommen ist, steht sie auf, um das Zeichen zum Aufbruch zu geben.

Wortlos gehen sie zur Treppe. Pierre wundert sich:

»Bilde ich mir das ein, oder seid ihr irgendwie eingeschnappt?«

Niemand reagiert. Stumm setzen sie ihren Weg fort, als hätte er nichts gesagt.

»Wir sind etwas benommen vom Wind, das ist alles«, antwortet Sophie nach einer Weile.

»Und Anatole? Er sieht so aus, als würde es ihn völlig kaltlassen, hier zu sein.«

Der Angesprochene dreht sich mürrisch um.

»Ja, genau, der Wind. Nur der Wind.«

Pierre kann es kaum fassen:

»Also wirklich, wenn ich gewusst hätte, dass sich die Düne so auf eure Stimmung auswirkt, hätte ich es gelassen.«

Er steigt neben Anatole hinunter, der seine Flügel verloren hat. Zur Last des Alters haben sich ein paar zusätzliche Tonnen gesellt.

Sophie und Manon folgen in einigem Abstand. Auf halbem Weg schlägt Pierre, der immer noch nicht weiß, welches Drama sich gerade abgespielt hat, Manon vor, den Hang durch den Sand runterzurennen. Sie sieht verblüfft zu Anatole, der zustimmend nickt.

Und schon breitet sie die Arme aus und läuft los. Von der Geschwindigkeit ganz schwindelig, rennt sie auf die Kiefern zu. Sie ist kein Kind mehr, sondern ein Vogel, der aus seinem Käfig fliegt, wie ihre Mutter.

Die drei Erwachsenen verfolgen ihren Lauf gebannt. Als Manon die letzten Meter jauchzend hinunterrollt, tritt ein Lächeln in ihre müden Gesichter.

Anatole wirft einen letzten Blick auf die Düne, die er geliebt hatte, als er jung und eroberungslustig war. Damals war er auch hinuntergerannt, hinab zum Meer, um darin einzutauchen; Auf- und Abstieg hatte er wie nichts absolviert. Abends zeltete er mit der jeweiligen Frau fürs Leben zwischen den Pinien.

Doch selbst wenn die Düne Augen und ein Gedächtnis hätte, würde sie ihn nicht wiedererkennen.

Von Wind und Sonne erschöpft, erreichen sie das Auto und nehmen erleichtert ihre Plätze wieder ein.

Letztendlich hat nicht sein ausgezehrter Körper ihm den erhofften magischen Moment geraubt, denkt Anatole. Alles wäre perfekt gewesen, wenn sich nicht ein anderes Sandkorn in das gut geölte Getriebe dieses scheinbar glücklichen Augenblicks gesetzt hätte. Übrig bleibt eine Erinnerung voller Unbehagen.

Wenn nur diese jungen Männer nicht vorbeigekommen wären! Aber sie müssen sich immer in den Vordergrund schieben, mit ihrer Unverschämtheit. Und dann Manons Empörung, Sophies Verlegenheit und seine idiotische Reaktion. Er hat ihr förmlich vor die Füße gekotzt, eine schlimmere Ablehnung ist kaum möglich.

Pierre hat keinen Nerv mehr, um sich mit ihrer Stimmung zu beschäftigen. Er hat schon wieder vergessen, welche Spannung bei seinem Erwachen herrschte. Während er die von Pinien umgebenen Straßen entlangfährt, lässt er seine Gedanken vorauseilen.

Anatole beobachtet die seltsame Frau, die vor ihm sitzt. Ihr in einer undurchdringlichen Maske erstarrtes Profil offenbart Resignation, der letzte Schild gegen Verachtung und Unverständnis. Sie starrt mit leerem Blick auf die Straße. Auf der Düne hat sich ein dunkler Schleier über sie gelegt, der nicht mehr verschwindet. Anatole betrachtet das dick aufgetragene Make-up, das die Makel ihrer Männerhaut verbergen soll. Ihre Haare kamen ihm von Anfang an künstlich vor, jetzt gibt es keine Zweifel mehr: eine Perücke. Aber sie hat doch Brüste! Sie oder er? Wie soll er diese Person behandeln? Als die Frau, die sie gern wäre oder als den Mann, der er tatsächlich ist? Und warum überhaupt diese Verwandlung? Wenn man als Mann geboren wird, ist man ein Mann und Schluss.

Transvestiten sind diese vulgären Geschöpfe, die im Pariser Bois de Boulogne auf den Strich gehen, diese abstoßenden Wesen, die man in reißerischen Dokumentarfilmen sieht. Sophie ist nicht abstoßend. Als sie sich auf der Straße vorgestellt hatte, war ihm abgesehen von ihrer für eine Frau recht kräftigen Figur nichts Besonderes aufgefallen. Ihr billiger Ring und ihre Aufmachung waren seltsam, aber mit Mode kennt er sich nicht aus. Nicht der Schatten eines Bartes am Kinn, die tiefe Stimme schrieb er dem Tabak zu, ein Hauch von Sonderlichkeit aber ohne die Vulgarität, die diesen Menschen eigen ist. Nein, sie gehört nicht zu dieser schmutzigen Welt.

Er war gerührt von ihrer Sorge um Manon und um ihre Schwester. Der gemeinsame Wunsch, die Kleine aus ihrer Lethargie zu reißen, hatte sie einander nähergebracht.

Er ruft sich die Szene in Erinnerung, als er sie gefragt hat, ob sie wirklich eine Frau sei. Ihre ausweichende, gereizte Antwort. So ganz naiv war er doch nicht! Damals hatte er ihr die Chance für ein Geständnis geboten. Aber was denn gestehen? Das klingt ja, als hätte sie ein Verbrechen begangen!

Er schämt sich, aber er kann die Abscheu nicht unterdrücken, die ihn bei der Vorstellung packt, dass ein Mann unter diesen Frauenkleidern steckt; ein Mann, der sich selbst verleugnet und sich schamlos den Blicken preisgibt, als etwas verkleidet, das er nicht ist und auch niemals sein wird, egal, wie viel Mühe er sich gibt.

Dass ein Mann andere Männer lieben kann, hat er irgendwann begriffen. Er hatte auch homosexuelle Schüler. Aber dass jemand sein Geschlecht wechseln will, ist etwas ganz anderes. Erst mal ist es viel seltener. Und vor allem muss es doch möglich sein, dass man sich zusammenreißt. Es ist Ketzerei, gegen die Natur zu kämpfen. Man kann vielleicht homosexuell sein, aber man darf nicht die Ordnung der Welt auf den Kopf stellen.

Sophie knetet ihre Zigarettenschachtel. Anatole spürt geradezu körperlich ihr Verlangen zu rauchen; fast kratzt ihn selbst der erste Zug in der Kehle, obwohl er seit Jahrzehnten keine Zigarette mehr in der Hand hatte. Seltsam: Sie tut ihm leid. Ihre Verzweiflung schmerzt ihn. Man sieht ihr an, dass sie noch an den Zwischenfall auf der Düne denkt. Hinter ihren langsamen Bewegungen und der verträumten Miene verbirgt sich das Unbehagen. Ist es so wichtig für sie, als Frau anerkannt zu werden? Warum zieht sie sich nicht wieder als Mann an, um nicht mehr unter verstohlenen Blicken und groben Scherzen zu leiden, ganz zu schweigen von den hässlichen Spitznamen, mit denen man sie bedenkt? Er würde sie gern überzeugen, dass sie nichts gewinnen kann, wenn sie auf diesen Weg besteht. Aber das haben ihr sicher schon andere gesagt.

»Wir fahren durch die Gascogne, vorbei an Bayonne, und schon sind wir in Spanien! Heute Abend schlafen wir in einem anderen Land«, kündigt Pierre an, der sich besser fühlt, seit er wieder unterwegs ist.

Manon jubelt. Die anderen beiden rühren sich nicht.

Draußen nicht enden wollende Reihen von Pinien. Ab und zu unterbrechen Maisfelder, ein Glockenturm, violettes Heidekraut oder goldene Ginsterbüsche die Monotonie der immergleichen Baumstämme.

20

Sophie kann die Traurigkeit nicht abschütteln. Auch der fehlende Horizont vermag die Stimmung nicht gerade zu heben, und die Pinien verdunkeln ihre ohnehin schon trüben Gedanken. Schließlich beginnt sie, im Spanienführer zu lesen.

Um der belastenden Atmosphäre zu entfliehen, hat sich Manon in *Sophiechen und der Riese* von Roald Dahl vertieft. Anatole sieht, wie abwechselnd Lächeln und Erschrecken über ihr Gesicht huschen, sie ist nicht mehr Manon, sondern die kleine Heldin, die sich von dem Guten Riesen entführen lässt, der Träume in die Schlafzimmer hineinbläst und mit schrecklichen Menschenfressermonstern zu tun bekommt.

Sophie bemerkt, dass ihr Weg sie nahe an Bilbao vorbeiführt. Die Fotos des gewellten, silberglänzenden Guggenheim-Museums reißen sie aus ihrer Starre.

Pierre ist nicht besonders beeindruckt von diesen Bildern, die er in- und auswendig kennt. Das war eines der ersten größeren Projekte, mit denen er sich im Architekturstudium beschäftigt hat. Erinnerungen an seine Studienfahrt nach Spanien werden wach. Dann fällt ihm eine Silvesterfeier ein, ein riesiges Besäufnis in einer durchgeknallten Stimmung, nach der er sich plötzlich sehnt. Er spielte im Schulorchester Posaune. Der fröhliche Lärm dröhnt in seinem Kopf. Andere Erinnerungsfetzen tauchen auf. Cécile, mit dem Tuch in den Haaren und den grünen Augen, das erste Mal, als sie sich in ihrer Dienstmädchenkammer unter dem Dach geliebt hatten, damals, bevor er Anaïs kennenlernte.

Auf der Rückbank vergisst Anatole seine Müdigkeit und die Verwirrung wegen Sophie. Am Guggenheim-Museum vorbeifahren, ohne anzuhalten?

Besorgt erkennt Pierre, dass sich der Alte wieder in die Erregung hineinsteigert, die sie zur Dune du Pilat geführt hat. Er versucht das Thema zu wechseln:

»Ich möchte bald bei unserer nächsten Etappe ankommen: Burgos. Lies mal in deinem Führer, Sophie, ich glaube, das ist eine sehr nette Stadt.«

»Warten Sie!«, ruft Anatole, und Pierre zieht instinktiv den Kopf ein.

Und schon legt der Alte los: Sie können auf keinen Fall so nah an Bilbao vorbeifahren, ohne dieses futuristische Museum zu besichtigen. Das ist ein Meisterwerk der zeitgenössischen Architektur, ein Werk des glänzenden Frank Gehry, seine Form ist einzigartig! Außerdem wird es Manon sehr gefallen, draußen stehen lustige Skulpturen.

Sophie bestätigt, dass das Museum eine Pause wert ist, außerdem liegt es auf dem Weg. Anatole wirft ihr einen dankbaren Blick zu.

Pierre sieht auf die Uhr und schielt zu dem Foto, das ihm Sophie hinhält. Er erinnert sich an seine Faszination beim Anblick dieses Ensembles gerundeter Bleche, die sich in alle Richtungen ausbreiten und im Sonnenlicht funkeln.

Bis Burgos sind es nur noch zwei Stunden. Alle haben Schmerzen in den Beinen und seit dem Abstieg von der Düne ist die Stimmung nicht gerade heiter gewesen. Pierre seufzt: Sie werden also in Bilbao Kaffee trinken, der Umweg ist nicht so groß. Bei dieser Ankündigung verbessert sich die Atmosphäre schlagartig.

Dann erreichen sie die Mautstelle zwischen Frankreich und Spanien. Wegen einer langen Lastwagenschlange müssen sie zehn Minuten warten. Und schon rollen sie ganz langsam über die Autovía del Norte.

Manon ist überrascht, wie einfach es war, die Grenze zu überqueren. Wo sind die Hunde, die im Kofferraum schnüffeln? Und die Polizisten, die die Leute ans Auto drücken, wie im Film?

Anatole setzt zu einer langen Rede an, von der sie nichts versteht: Schengener Abkommen, Europäische Union, Freizügigkeit, Schließung der Zollstellen, die in Raststätten umgewandelt wurden, wenn man sie nicht den Sprayern überlassen hat. Sie nickt, als würde sie etwas begreifen, während sie die erste Meldung der Autobahnpolizei entziffert: *Fahren Sie langsam.*

Sie lassen San Sebastián hinter sich. Manon sieht aus dem Fenster: grüne Hügel über dem Meer und ein paar Weizenfelder. Nichts Bedrohliches bis jetzt. Es sieht sogar ganz hübsch aus.

Je näher sie Bilbao kommen, desto heißer wird es.

Sophie schaltet die Klimaanlage ein, nachdem sie sich versichert hat, dass es Anatole nicht stört. Angesichts ihrer Rücksicht ärgert ihn seine übertriebene Reaktion auf der Düne noch mehr.

Eine halbe Stunde später sind sie da. Pierre erkennt die graue Industriestadt nicht wieder, durch die er als Student gefahren ist. Damals war es eine riesige Baustelle. Dort, wo früher Absperrungen und Kräne waren, gibt es heute Grünflächen, eine Straßenbahn und Fahrradwege.

Als sie sich von hinten dem Museum nähern, reißt Manon beim Anblick des seltsamen silbernen Schiffs am Ufer des Nervión die Augen auf.

»Wie das Haus von Außerirdischen«, staunt sie.

Pierre kurvt eine Viertelstunde durch die nahegelegenen Nebenstraßen, ehe er einen Parkplatz findet.

»Verdammter Mist, immer dasselbe in diesen Touristenorten!«

Sophie legt ihm die Hand auf den Arm: Es ist gerade vier Uhr, das Abendziel ist nicht mehr weit, kein Grund zur Sorge. Als sie aussteigen, stehen sie direkt vor einer Bäckerei. Manon will ein Eis. Alle ziehen Pullover und Jacken aus. Es ist mindestens fünfzehn Grad wärmer als bei ihrer morgendlichen Abreise in Nantes.

Sophie holt einen weichen, violetten Basthut aus der Tasche.

Die breiten Ränder bedecken zum Teil ihr Gesicht, eine Margerite ziert die schwarze Borte. Wenn sie noch ein Kleid aus der Zeit anhätte, könnte man meinen, sie sei gerade einem Roman von Jane Austen entstiegen, denkt Anatole. Aber so, mit ihren engen Jeans und dem breiten Kreuz, ist sie nur ein blasses Spiegelbild von Elizabeth Bennet auf einem stürmischen See. Darcy würde sich nicht täuschen lassen.

Pierre spendiert seinen Reisegefährten ein Eis. Bei dieser Hitze nehmen alle das Angebot begeistert an, und bald laufen sie auf der Suche nach Schatten dicht an den Häusern entlang und lecken an ihren Schoko-, Mango- und Zitronenkugeln.

Ein paar Straßen weiter taucht das Guggenheim-Museum vor ihnen auf. Manon rennt über die Straße und lässt fast ihr Eis fallen: Sie hat einen riesigen blühenden Hund entdeckt, der vor dem Gebäude sitzt und sie magnetisch anzieht. Auch Sophie ist verzaubert: Von weitem erinnert er sie an das Maskottchen des Schmuckherstellers, für den sie schwärmt. Anatole sieht sich die mehr als zehn Meter hohe Blütenskulptur aus der Nähe an. Er wusste doch, dass so was einem Kind gefällt.

Den Reiseführer in der Hand, beginnt er zu erklären: Der Hund aus Holz und Stahl ist mit Erde bedeckt, die Blumen, die darin wachsen, werden zweimal im Jahr ausgetauscht. Die Basken nennen ihn Puppy.

Das Mädchen läuft um den Riesenhund herum und ruft:

»Puppy, Puppy, na komm, mein Hundchen, komm.«

Anatole und Sophie lächeln, als sie ihm die Hand mit unsichtbarem Zucker hinhält.

Nur Pierre scheint von diesem total geschmacklosen Blütenungeheuer alles andere als fasziniert zu sein. Grimmig starrt er Manon an.

»Was ist los, Papa? Habe ich Schokolade im Gesicht verschmiert?«

»Wir schwitzen uns halbtot, musst du ständig dieses Tuch um den Hals tragen?«

»Ja, ich will es umbehalten.«

»Es gehört nicht dir, sondern deiner Mutter. Ich möchte, dass du es nicht überall mitschleppst. Sonst geht es noch verloren.«

»Wenn Mama es so gern hätte, hätte sie es mitgenommen.«

Pierre schiebt Sophie beiseite, die sich einmischen will.

Er streckt Manon seine verkrampfte Hand hin.

»Hör mal, mein Schatz. Du bist nicht mehr drei. Gib mir das Tuch.«

Manon weicht entsetzt zurück, während Pierre mit starrem Gesicht auf sie zukommt. In diesem Moment verabscheut sie ihn. Er ist einer der Wölfe geworden. Seine Augen glänzen ganz ungewöhnlich und werden gelb. Weil er sie weiter bedrängt, flüchtet sie zum Eingang des Museums und schreit:

»Niemals hätte Mama das von mir verlangt!«

»Natürlich nicht, sie ist ja abgehauen!«

Die Passanten gehen langsamer, um die Szene zu verfolgen. Anatole wirft Pierre einen mörderischen Blick zu, den dieser ignoriert: Der Alte geht ihm auf die Nerven. Diese kurze Pause ist reine Zeitverschwendung, er bedauert schon, dass er zugestimmt hat. Er ist nicht in Stimmung, den Hanswurst zu spielen und wie ein Tourist herumzuspazieren.

Die Kleine sitzt auf der Erde, den Rücken an das Bauwerk aus Titan und Glas gelehnt, zusammengekauert wie noch vor wenigen Tagen im Garten: die Beine angezogen, die Stirn auf den Knien. Tausend Bilder sausen durch ihren kleinen Kopf, der nichts mehr von der Welt sehen will, die sie umgibt: ihre Mutter, die aus dem Nichts auftaucht und sie tröstet, ihre Birke, ihre Katzen, der Kleine Prinz, der sie an der Hand nimmt und zu seinem Planeten führt, weit weg, ganz weit, so weit wie möglich weg von diesem Vater, der sie nicht liebt, von diesen Erwachsenen, die nur streiten können.

Plötzlich legt sich ein Schatten über sie und eine Hand streichelt ihr Haar. Mit aller Macht betet sie, dass es ihre Mutter sein möge. Vielleicht wurde ihr Wunsch erfüllt. Sie hat aufgepasst, nicht auf die Linien auf dem Bürgersteig zu treten, als sie aus dem Auto gestiegen ist, und auch nicht auf die Fugen zwischen den Steinplatten vor dem Museum.

Eine schwere Last senkt sich auf ihren Rücken und lässt sie aufschreien. Der Geruch von Eau de Cologne dringt in ihre Nase.

»Entschuldige, ich habe das Gleichgewicht verloren. Alles in Ordnung?«

Sie wendet ihr vom Weinen geschwollenes Gesicht dem Alten zu, der sich auf ihre Schulter gestützt aufrichtet.

»Ja, und du, hast du dir wehgetan?«

»Du hast meinen Sturz gedämpft, danke.«

Sie schenken sich ein kleines Lächeln. Dann flüstert Manon:

»Weißt du, meine Birke … sie fehlt mir. Ich hätte sie so gern mitgenommen.«

Anatole lehnt sich an die Glaswand. Er beschreibt ihr, was er empfand, wenn er mit dem Fernglas durch die Sümpfe schlich: Die Bäume sind alle miteinander verbunden und lebendiger, als man glaubt. Sie muss ihnen nur zuhören, dann wird sie in jedem Baum ihre Birke wiederfinden.

Ein gelber Schmetterling flattert vorbei. Das Mädchen folgt ihm mit den Augen, ehe es Anatole einen seltsamen Gedanken anvertraut:

»Vielleicht reisen die Bäume nachts.«

Anatole blickt sie erstaunt an. Bäume, die nachts reisen?

Er stellt sich vor, wie sich ganze Wälder von den Sternen geleitet durch ein Meer der Finsternis bewegen, er sieht sie vor sich, die entwurzelte Masse, die in betäubender Stille durch die Welt zieht, ihre Reglosigkeit hinter sich zurücklässt und dann im Schutz der Dunkelheit vor dem Morgengrauen an ihren Platz zurückkehrt.

»Vielleicht …«

Manon kann wieder lächeln. In der Nacht wird ihre Birke sie

 besuchen. Sie wird einen Ast durch das offene Fenster stecken und sie wird die Blätter auf ihrer Haut spüren.

Anatole möchte sie auf andere Gedanken bringen.

»Ich werde dir zwei tolle Sachen zeigen. Die eine scheint aus einem Traum zu stammen, die andere aus einem Alptraum.«

Manon ist neugierig. Der Alte winkt Sophie und Pierre, sie sollen ins Museum gehen. Pierre nickt zögerlich. Auch Anatole ist nicht wohl in seiner Haut, er macht sich Vorwürfe: Ganz offensichtlich nerven diese Umwege Pierre, der am liebsten in einem Rutsch bis Marokko fahren würde.

Manon drückt das von ihren Tränen ganz feuchte Tuch an die Nase, schnuppert nach dem letzten Hauch von Parfum. Niemals wird sie es hergeben. Dann fasst sie Anatole bei der Hand.

»Und wo sind jetzt deine Überraschungen?«

21

Anatole führt sie durch das Atrium, eine riesige, lichtdurchflutete Halle mit Wänden aus Stahl, Stein und Glas, gekrönt mit einer gläsernen Kuppel. Manon kommt sich ganz klein vor, wie in einer anderen Dimension. Mit den Augen folgt sie dem unglaublichen Gewirr von gebogenen Brücken, gläsernen Aufzügen und Treppentürmen, die verschiedene Galerien verbinden.

Beeindruckt folgt sie Anatole auf eine große Terrasse über einem Fluss an der Rückseite des Silberschiffs. Diesen Teil des Museums, ein Durcheinander gewellter Formen und funkelnder Materialien, haben sie schon beim Ankommen gesehen.

Der alte Lehrer führt Manon an den linken Rand der Terrasse und zeigt ihr eine Skulptur aus riesenhaften Tulpen, die direkt aus dem Boden wachsen.

»Ich schenke dir diesen bescheidenen Strauß. Er kommt aus dem Weltraum. Wenn du näher herangehst, siehst du das Leben in Rosa, Gelb oder Blau.«

Fasziniert starrt Manon auf die sieben meterhohen, stählernen Blumen. Sie zeigen das Spiegelbild der Sonne und der Besucher, die sie fotografieren, das Abbild der Stadt, des Flusses und des Museums, das in den Rundungen der grünen, roten und orangenen Blüten noch stärker zu wogen scheint.

Obwohl der verchromte Strauß tonnenschwer sein muss, sieht er aus, als würde er im nächsten Moment davonfliegen und sich über dem Wasser verstreuen. Manon streicht über die Metallkugeln am unteren Ende der Stiele, schreit auf und zieht blitzartig die Hand zurück: Die Sonne hat sie zum Glühen gebracht. Vor jeder Blume geht sie auf und ab und amüsiert sich über ihr verzerrtes Spiegelbild.

»War das der Traum?«

»Ja.«

»Ich will dich nicht enttäuschen, aber wir bekommen mit deinem Geschenk vielleicht ein Platzproblem im Auto.«

Anatole lacht.

Sie gehen zum anderen Ende der Terrasse. Als sie an der Balustrade angekommen sind, zeigt er ihr eine vielbeinige Figur weiter unten auf der Esplanade zwischen Museum und Fluss.

»Die ist ja riesig! Ist sie echt?«, kreischt Manon entsetzt.

»Nein, die Spinne ist aus Bronze und Marmor. Sie ist fast zehn Meter hoch. Stell dir vor, sie würde sich auf uns stürzen! Das wäre grauenvoll. Das ist einer der schlimmsten Alpträume. Die Künstlerin, die sie geschaffen hat, heißt Louise Bourgeois.«

Manon ist fasziniert von dieser Welt, in der alles größer, glänzender, farbiger ist, ein für die Riesen der Zukunft geschaffenes Universum.

Das ist ganz anders als die Dune du Pilat, aber beide Orte vereint eine Spur vom Zauber des Kleinen Prinzen: dort die Wüste, in der er auf den Piloten gestoßen ist, hier die Blumen, die auf einem anderen Planeten gewachsen zu sein scheinen.

Der Alte und das Mädchen lehnen an der Balustrade und blicken auf das Wasser, die Spinne, die Museumsbesucher, die die Esplanade entlangschlendern, und die silbernen, blendenden Rundungen des seltsamen Schiffes. Ihre Arme berühren sich, die Sonne wärmt ihre Gesichter, sie fühlen sich wohl.

Ein Kind hat ein Spielzeugsegelboot in den Fluss gesetzt, das in Richtung Golf von Biskaya davonschwimmt. Als der kleine Junge begreift, dass es nicht zurückkommen wird, weint er und drückt seinen Teddy an sich. Die Mutter nimmt ihn auf den Arm und flüstert beruhigend auf ihn ein, während er verzweifelt dem verlorenen Spielzeug nachsieht. Manon malt sich aus, dass sie ihm ein neues Boot verspricht, während sie seine Tränen wegküsst. Er hat vielleicht sein Spielzeug verloren, aber er hat etwas tausendmal Kostbareres: die Liebe seiner Mutter. Sie ist da, ganz nah, ganz wirklich, er kann sie anfassen. Sie schwimmt nicht auf dem Wasser davon, vom Meereswind angelockt, und er weiß nicht einmal, was er für ein Glück hat. Er starrt weiter auf das Segelboot und würdigt sie keines Blickes.

Ein Marienkäfer setzt sich auf Manons Arm. Das kitzelt. Sie zeigt ihn Anatole, der mit ihr die schwarzen Punkte auf seinen Deckflügeln zählt. Er erklärt ihr, dass man daran seine Art erkennt, nicht sein Alter, auch wenn das immer wieder behauptet wird, genauso, wie es heißt, alte Leute seien taub.

Plötzlich ertönt hinter ihnen eine ungeduldige Stimme. Pierre sucht sie seit einer Viertelstunde, er erinnert sie daran, dass sie nicht hier übernachten wollen.

Um ihn von dem Tuch abzulenken, aber auch in der Hoffnung auf Versöhnung, zeigt ihm Manon die Riesentulpen am anderen Ende der Terrasse. Die Ehrfurcht in ihrem Gesicht besänftigt Pierre. Für einen Moment verdeckt sie die unsichtbare Anaïs, die ihn überallhin verfolgt. Ja, er ist daran vorbeigelaufen, der Strauß ist wunderbar. Die Verlegenheit erstickt seine Stimme. Schließlich stammelt er eine Entschuldigung und nimmt sie bei der Hand, ohne ein weiteres Wort über das blaue Tuch zu verlieren.

Auf dem Weg zum Atrium sehen sie Sophie die verchromten Blumen umkreisen. Sie betrachtet sich in der gelben Blüte, dann tritt sie zurück und wendet das Gesicht ab, als weckte das, was sie sieht, schlechte Erinnerungen: die Farbe der Düne, der Spott über ihre Perücke, vielleicht ist ihr auch das eigene Spiegelbild fremd.

Pierre ruft sie mit strenger Stimme. Sofort steht seine Schwägerin stramm: Sie drückt die Beine durch, stampft mit ihren Sandalen auf den Boden, legt eine Hand an die Stirn und brüllt:

»Jawohl, Chef!«

Sie wirkt so komisch als Wachoffizier, mit ihren engen Jeans, dem T-Shirt mit dem Gesicht von Marilyn Monroe und dem violetten Hut, dass sie alle lachen müssen. Die Touristen sehen zu ihnen hin. Wahrscheinlich denken sie, dass ihre kleine Truppe bester Laune sei, überlegt sich Anatole. Vielleicht beneiden sie sie sogar, ohne die Kehrseite der Medaille zu sehen.

Pierre hebt Manons Hand hoch und drückt einen Kuss darauf, der sie erröten lässt. Er flüstert »Ich hab dich lieb, mein Schatz«, und Anatole sieht erfreut, wie die Kleine vor Glück strahlt.

Dann geht Pierre zu Sophie und versetzt ihr einen kräftigen Schlag auf die Schulter, wie er es mit seinem besten Kumpel täte. Sie zuckt mit keiner Wimper.

Zögernd tritt Anatole ganz dicht an Manon heran. Er muss endlich Gewissheit haben.

Er weiß nicht, wie er das heikle Thema ansprechen soll, schließlich ist sie noch ein Kind, vielleicht hat sie das alles gar nicht mitbekommen. Er fragt stammelnd, was sie über ihre Tante denke, die Geschichte mit der Perücke, die Bengel auf der Düne, dabei zieht er sie zum Ausgang des Museums, damit Sophie sie nicht hört.

»Das war gemein.«

»Aber stimmt es denn?«

»Was, dass sie eine Perücke hat?«

»Na ja, zum Beispiel das.«

»Na klar stimmt das.«

Manon erzählt ihm, was sie weiß: Als Frédéric eine richtige Frau geworden ist, hatte er nicht mehr viele Haare. Wenn die Männer Papa werden oder alt, verlieren sie ihre Haare, sie weiß nicht mehr, wie man dazu sagt. Sie werden kahl, erklärt Anatole. Sie nickt. Ihr Onkel hat Witze darüber gemacht und mit den Fingern auf seinen Schädel getrommelt: Er sagte, er habe nicht mehr viel auf der Murmel, das werde ihm nicht gerade helfen.

»Wie alt ist er denn?«

»Vierzig, glaube ich. Man muss jetzt ›sie‹ sagen, das ist wichtig.«

»Und stört dich das nicht?«

Manon zuckt mit den Schultern. Am Anfang musste sie sich daran gewöhnen: Es war nicht mehr derselbe Name, derselbe Körper, nicht einmal dasselbe Gesicht. Aber innerlich hat sich ihre Tante nicht verändert, sie ist immer noch genauso lustig und nett.

»Weißt du noch, was der Fuchs zum Kleinen Prinzen sagt?«

Anatole weiß schon, was sie meint: *Man sieht nur mit dem Herzen gut. Das Wesentliche ist für die Augen unsichtbar.*

Manon weiß, dass sich Sophies Herz nicht verändert hat. Deshalb ist es ihr egal, wie sie aussieht. Ihre Tante musste es einfach machen, sie war vorher ganz unglücklich. Manchmal muss sie über ihre neuen Anziehsachen lachen, aber sie passt auf, dass Sophie es nicht merkt.

Anatole sieht sie betroffen an.

»Ich komme mir dumm vor, dass ich es nicht gemerkt habe.«

Manon lächelt. Sophie wird sich freuen, wenn sie hört, dass er sie für eine Frau gehalten hat: Sie sagt oft, es sei ihr größter Sieg, wenn Leute, die sie nicht kennen, »Madame« zu ihr sagen und sie nicht für einen Transvestiten halten. Manche sagen mit Absicht »Monsieur«, wenn sie nicht sicher sind, oder weil sie was dagegen haben, wenn sich Leute verwandeln, und sowieso niemanden leiden können, der nicht so ist wie sie.

Plötzlich steht Sophie neben ihnen.

»Was ist das hier für ein Getuschel? Redet ihr über uns?«

»Was? Äh, nein«, stottert Anatole mit knallrotem Gesicht.

»Fahren wir?«

Pierres Frage ist wie immer mehr ein Befehl als ein Vorschlag.

Ein letzter Blick auf das Silberschiff und Puppy, dann tauchen sie in die von Wohnhäusern eingeschlossenen Gassen ein, um zum Auto zurückzukehren, das sich in der Zwischenzeit ordentlich aufgeheizt hat. Pierre schreit auf, als er das glühende Lenkrad berührt. Er dreht die Klimaanlage voll auf und fährt los: Das Verlangen, schnell nach Marokko zu kommen, betäubt seine Handflächen. Er fühlt sich trotz der Hitze wohl. Die Erleichterung, weil er Manon sagen konnte, wie lieb er sie hat, und die Aussicht, seine Frau wiederzusehen, verleihen ihm Flügel. Wenn sie sich nur durch die Fenster hindurch entfalten könnten, um sie schnurstracks vor Anaïs' Haus zu tragen, wäre er wunschlos glücklich.

Anatole hatte gehofft, das Sitzen würde eine Erlösung sein. Aber seine Muskeln lassen ihn für das lange Stehen büßen, und die Entlastung zeigt nicht die erwünschte Wirkung: Sein Rücken ist ein Feld voller Minen, die bei der geringsten Bewegung nacheinander explodieren. Seine Arme und Beine gleichen schlaffen Tentakeln, die von tausend unsichtbaren Nadeln durchbohrt werden.

Aber er ist fest entschlossen, den Schmerz zu ignorieren. Noch vor ein paar Tagen waren seine Wehwehchen das Einzige, wodurch er noch ein bisschen existierte, wenn er die Ärzte aufsuchte oder seine Medikamente in der Apotheke holte. Sein körperlicher Verfall war die beste Rechtfertigung, um nur noch auf den Sensenmann zu warten, eingeschlossen in seiner Wohnung, deren einziger Besucher zweimal am Tag der Lieferant des Fertigessens war.

Eine kleine Hand berührt seinen Arm.

»Wie alt warst du, als du zum letzten Mal in dem Museum warst?«

»Da war ich ein junger Rentner. Und heute bin ich ein alter Knochen.«

»Ein alter Knochen ist im Müll, nicht in Spanien.«

Anatoles Lachen mündet in einen Hustenanfall.

»Hoffentlich haben wir heute Abend gute Betten«, sagt er mit einem schwachen Lächeln. Seine Augen sind gerötet.

Sein Körper kann ihm noch so viele Verfallssignale schicken, er wird sie ignorieren! Es gibt kein besseres Morphium, als Manon neben sich zu haben.

Durch den Schleier seiner Gedanken sieht er das Baskenland vorüberziehen: goldene Täler, funkelnde Bergketten, Schlösser, Dörfer und Wälder.

22

Eine Stunde später stehen Anatole und Manon vor der Kathedrale von Burgos, während Pierre und Sophie ein Hotel suchen. Manon beobachtet mehrere Wandergruppen mit dicken Rucksäcken. An ihrem Gepäck hängt eine Jakobsmuschel.

Ein vielleicht sechzigjähriger Mann bleibt stehen, als er sie Französisch sprechen hört. Er erzählt beschwingt vom Wandern durch wundervolle Landschaften. Er erklärt Manon, dass er nach Santiago de Compostela unterwegs sei. Am Ende rät er ihr, für jeden erlebten Tag dankbar zu sein. Manon vergisst ihre Schüchternheit und fragt, wem sie dankbar sein solle. Der Pilger lächelt sie selig an und zeigt zum Himmel.

Er ist vor einem Monat in Le Puy-en-Velay aufgebrochen und hofft, in drei Wochen ans Ziel zu kommen. Anatole ist sprachlos.

Der Pilger erkundigt sich, ob Manon seine Enkelin sei.

»Ja«, antwortet sie und schiebt ihre Hand in die des Alten.

»Sie sieht entzückend aus, mit ihren blauen Augen. Wohin fahren Sie?«

»Also, wir besichtigen Burgos und morgen Madrid«, sagt Anatole.

»Sehr schön, gute Reise!«

»Danke. Gute Wanderung.«

Der Mann geht davon. Seine Wanderschuhe sind staubbedeckt, und sein Tropenhut ist eingebeult.

»Warum hast du nicht gesagt, wo wir hinfahren?«

»Ich weiß nicht. Ich dachte, das würde er komisch finden, ein alter Mann, der mit einem Kind nach Marokko fährt, und ich hatte keine Lust, ihm alles zu erklären. Er hätte bestimmt noch mehr Fragen gestellt.«

Manon nickt bedächtig. Die Erwachsenen dürfen alles. Sie dürfen von einem Tag auf den anderen weggehen, ohne sich umzudrehen, mit einer Muschel an ihrem Rucksack durch die Welt ziehen und lügen, um sich zu schützen.

Ein junger Pilger stürzt eine Wasserflasche hinunter, als hätte er seit Jahrhunderten nichts getrunken. Manon fragt Anatole, wozu man eine Pilgerfahrt macht. Das scheint etwas anderes zu sein als ein normaler Ausflug.

Der Alte setzt sich mühsam auf eine Steinbank. Er kramt in seinem Gedächtnis, um Manon angemessen zu antworten. Als seine wohltönende Erzählerstimme über den Platz hallt, bleiben zwei Touristen gebannt stehen.

Pilgerfahrten gibt es nicht erst seit gestern. Im Mittelalter trug der Pilger ein langes Gewand, eine Kürbisflasche und einen Hut. Sein Stock diente ihm auch dazu, streunende Hunde zu vertreiben. Er schlief in den Armenhäusern, die auf dem Weg lagen. Während der monatelangen Märsche bis Rom, Santiago de Compostela oder Jerusalem lauerten unzählige Gefahren: Erschöpfung, unerfreuliche Bekanntschaften oder ein Unfall konnten der Reise ein jähes Ende setzen.

Mit einem Schauer stellt sich Manon vor, wie Diebe oder wilde Tiere die Pilger angriffen und sie halbtot in der Einöde zurückließen. Damals gab es weder Telefon noch Krankenwagen, um ihnen zu helfen; nur düstere Wege durch dichte Wälder voller Wölfe mit gelben Augen.

Der Pilger besucht die heiligen Orte, um Buße zu tun, Gott für etwas zu danken oder ihn um Hilfe zu bitten.

Wie der Mann, den sie gerade getroffen haben, ist er auf der Suche nach sich selbst und möchte mit der Natur und mit Gott eins werden.

Manon ist von Anatoles Erzählung so gefesselt, dass sie Pierre und Sophie erst im letzten Moment herankommen sieht. Sie haben zwei Straßen weiter in einem Hotel ein Vierbettzimmer zum Hof gefunden. Pierre ist völlig ausgehungert, sein Vorschlag, essen zu gehen, wird dankbar aufgenommen.

 Nachdem sie in einem Restaurant mit unverputzten Wänden und Säulen gegrillten Tintenfisch mit Pommes Frites gegessen und Cola oder Bier getrunken haben, kehrt der kleine Trupp zurück ins Hotel. Die Abenddämmerung bringt etwas Abkühlung. Manon kann es immer noch nicht fassen, dass sie »Minikraken« gegessen hat; ihre Grimassen und ihre Kommentare zur Konsistenz haben während des Essens für Unterhaltung gesorgt. Jetzt fällt sie fast um vor Müdigkeit.

Während Sophie sich im Badezimmer zurechtmacht und Anatole seine Matratze testet, bringt Pierre die Kleine ins Bett. Sie rollt ihr Tuch zusammen und drückt das Gesicht hinein, murmelt ein verschlafenes »Gute Nacht«, spürt noch den Kuss des Vaters und ist schon eingeschlafen.

Sophie erinnert ihre Begleiter daran, dass sie am selben Morgen noch in Nantes waren, und alle sind sich einig, dass man bei einer Reise jedes Zeitgefühl verliert. Dieser Tag war so voll von Gefühlen und Landschaften, dass es ihnen vorkommt, als seien sie seit einer Woche unterwegs.

Das andere Klima, die fremde Stadt, das ungewohnte Essen, die spanischen Stimmen, die von der Straße herauftönen, dieses unbekannte Zimmer, in dem sich ihr Atem und ihre Träume mischen werden, die Palme vor ihrem Fenster und ferne Klänge einer Gitarre lassen ihr Abenteuer ganz unwirklich erscheinen.

23

Weil Anatole befürchtet, ihr Tuscheln könne Manon wecken, schlägt er vor, im Gartenrestaurant noch einen Tee zu trinken.

Sie gehen in den hübschen gepflasterten Hof, in dem ein Feigenbaum steht. Eine Glyzinie rankt an der Wand aus Natursteinen entlang. Müde sinken sie auf die mit weißen Kissen gepolsterten Liegestühle.

Es wird dunkel. Die ersten Sterne tauchen am wolkenlosen Himmel auf, der für den nächsten Tag herrliches Wetter verheißt. Auf einem kleinen Springbrunnen in der Ecke steht ein steinerner Engel, der durch seine Posaune Wasser speit. Die drei Gefährten genießen die erste richtige Pause. Nachdem sie den ganzen Tag unter der glühenden Sonne gefahren und herumgelaufen sind, ist die Frische des Abends eine wahre Wohltat.

Ein Kellner bringt ihnen auf einem Silbertablett zwei Kaffee und einen Kräutertee. Sie sind allein im Hof. Das Zirpen der Grillen mischt sich in das Plätschern des Springbrunnens.

Pierre und Anatole sind ganz steif, ihre Lider werden immer schwerer; sie dösen vor sich hin und könnten einschlafen, wäre da nicht die nervöse Sophie: Sie kann kaum stillsitzen.

Gereizt steht sie auf, zündet sich eine Zigarette an und läuft um den Feigenbaum herum, hält die Hand unter den Wasserstrahl, bespritzt die beiden Männer mit ein paar Tropfen, schleudert ihre Kippe auf die Steine, hebt sie wieder auf und legt sie auf das Tablett.

Pierre stützt sich auf und beobachtet sie.

»Sophie, was ist denn los? Seit der Düne bist du irgendwie nicht in Form.«

Peinliches Schweigen.

»Habe ich vielleicht was Blödes gesagt?«, fragt Pierre.

»Nein, es ist ... na ja, ein paar Kids haben sich über mich lustig gemacht.«

»Du meinst wegen …«

»Ja, wegen. Und Anatole hat gekotzt, als er es begriffen hat.«

»Was, Anatole, Sie haben gekotzt? Ist das ein Witz?«

»Sie interpretieren da etwas voreilig, Sophie. Ich habe mich vor Erschöpfung übergeben, wegen des Windes und der Anstrengung, das war alles.«

Sophie seufzt und streckt die Hand wieder unter die Engelsposaune. Die Massage durch den kräftigen Strahl beruhigt sie. Immer das gleiche Problem: Entweder machen sich die Leute lustig, oder es ist ihnen peinlich und sie trauen sich nicht, danach zu fragen.

»Anatole wusste nicht, dass du ein Mann warst?«

»Anscheinend nicht.«

»Manon meinte, das würde Sie freuen«, stammelt der Alte zerknirscht.

»Mit ihr haben Sie wohl darüber gesprochen? Das wird ja immer besser. Aber gut, vielleicht ist sie die Vernünftigste von uns vieren. Sie hat nicht unrecht, ich finde es toll, dass Sie dachten, ich sei eine Frau. Aber Ihre Reaktion auf der Düne war sehr verletzend.«

»In Nantes hatte ich schon gewisse Zweifel, aber ich wollte es nicht glauben. Und zu begreifen, na ja, dass unter Ihrem Rock vielleicht …, ich gehöre zu einer anderen Generation, wissen Sie?«

»Unter meinem Rock sind seit einem Jahr keine Eier mehr.«

»Also, wenn ich recht verstehe, haben Sie sich einer Operation der, äh, der Genitalien unterzogen, um eine Frau zu werden?«

»Ja. Schnippschnapp.«

»Das war radikal.«

»Das war eine Überlebensfrage.«

»Sie konnten als Mann nicht mehr leben?«

»Nein. Ich habe es nicht ertragen. Im falschen Körper geboren, ein dummer Fehler der Natur, der unerträglich wurde und deshalb korrigiert werden musste.«

»Solche Operationen sind doch gefährlich, oder?«

»Ja. Aber damit mein Körper zu meinem Geist passte, war ich bereit, meine Libido zu verlieren, mir eine Infektion zu holen und sogar zu sterben.«

»Das ist unglaublich. Wann hat das angefangen?«

»Was? Meine Krankheit? Meine Psychose?«

»Das Unbehagen in Ihrem Männerkörper.«

Irgendwie ist Sophie erleichtert, ihre Entscheidung erklären zu können. Sie beantwortet lieber die direktesten Fragen, als Blicke voller Unverständnis zu ertragen.

»Ich habe mit zehn Jahren angefangen, mich anders zu fühlen. Das ist spät, andere empfinden dieses Unbehagen schon viel früher, mit drei oder vier. Aber ich habe erst mit fünfzehn überhaupt was von Transsexuellen gehört. In der Provinz und in meiner ziemlich konservativen Familie hielt man mich fern von so ›abartigen‹ Verhaltensweisen.«

Anatole fragt, ob sie vor allem mit Mädchen Umgang hatte, um sich dem zu nähern, was sie gern sein wollte.

»Im Gegenteil, ich habe meine Neigung zu allem Weiblichen verdrängt. Ich begriff nicht, was mit mir los war. Ich war als Junge geboren, also war ich ein Junge.«

Anatole richtet sich auf. In diesem Punkt sind sie sich einig.

Sie verkehrte in einem männlichen Universum, um zu verdrängen, was sie eigentlich war. Sie wählte ein Jungengymnasium, dann ein Naturwissenschaftsstudium. Bis heute gibt es nur wenige weibliche Luftfahrtingenieure.

»Aber Sie fühlten sich trotzdem weiter als Frau?«

»Ja. Ich war eine in einem Männerkörper gefangene Frau.«

»Das ist wirklich seltsam.«

Anatole zögert, die Frage zu stellen, die ihm auf der Zunge liegt, er hat Angst, dass sie sich wie ein Jahrmarktsspektakel fühlt. Aber Sophies auffordernder Blick macht ihm Mut.

»Haben Sie sich vor Ihrer Operation auch schon als Frau verkleidet?«

»Ja, manchmal bin ich im Kleid einkaufen gegangen. Das klingt vielleicht lächerlich, aber ich hatte das Bedürfnis.«

»Es tut mir leid, wenn meine Neugier Sie verletzt. Ehrlich gesagt ist es das erste Mal, dass ich, nun ja, dass ich jemanden wie Sie treffe, und ich versuche es zu verstehen.«

»Das ehrt Sie.«

Anatole fragt, wie die Leute reagierten, die sie als Frau verkleidet sahen. Haben sie sich lustig gemacht?

In Sophies Gesicht ist zu lesen, dass er einen empfindlichen Punkt berührt hat.

Sie erinnert sich daran, wie sie zum ersten Mal im Kleid einkaufen war. An ihre Beklemmung. Sie hatte das Gefühl, im Supermarkt von allen angestarrt zu werden. Der Abschlusstest, Billigung oder Verurteilung, folgte an der Kasse. Sie wartete angstvoll auf das Urteil, während die Kassiererin ihre Einkäufe über den Scanner zog. Ein »Auf Wiedersehen, Madame« machte sie für den Rest des Tages überglücklich: Das war die ultimative Anerkennung, auf die sie damals ebenso wenig wie heute verzichten konnte, die Entschädigung für ihr Leid. Ein »Monsieur« streckte sie förmlich nieder.

Erstaunt lauscht Anatole diesen Offenbarungen. Er gesteht Sophie, dass er zu den Leuten gehörte, die sie verurteilten, ohne sie zu kennen. Für ihn waren als Frauen verkleidete Männer verrückt, er regte sich darüber auf.

Sophie legt ihm freundschaftlich die Hand auf die Schulter. Er ist weiß Gott nicht der Einzige, der so hart über Transsexuelle urteilt. Bis 2010 wurden sie noch als Geisteskranke angesehen. Frankreich ist das erste Land der Welt, das die Transsexualität aus der Liste der psychischen Erkrankungen gestrichen hat. Sie erinnert daran, dass auch Homosexualität erst 1990 von der Liste der Krankheiten der Weltgesundheitsorganisation verschwunden ist.

Pierre, der nur mit einem Ohr zugehört hat und öfters eingenickt ist, fragt überrascht nach:

»Was? 1990? Homosexualität? Unglaublich, das Land der Menschenrechte, der Freiheit und der Brüderlichkeit steckte bis 1990 im Mittelalter!«

Sophie zuckt mit den Schultern. Die beiden Männer haben ja keine Ahnung.

»Noch vor ein paar Jahren galt ich vor dem Gesetz als verrückt, ich kann mich heute glücklich schätzen.«

»Du bist immer noch eine Verrückte, Gesetz oder nicht«, neckt sie Pierre.

Sophie lacht und entspannt sich endlich.

Anatole irritiert dieser Galgenhumor, er hält ihn für unangebracht. Er versteht immer noch nicht, warum sie sich für die Operation entschieden hat. Konnte sie nicht dagegen ankämpfen oder sich damit zufrieden geben, ab und zu Frauenkleider zu tragen?

Sophie schüttelt den Kopf und hält wieder die Hand unter die Posaune. Sie musste einfach eine Frau sein.

Dem Alten liegt eine weitere Frage auf der Zunge.

»Ist es einfach, den Vornamen zu wechseln?«

»Nein, um seinen Personenstand zu wechseln, muss man mit Attesten von Ärzten und Zeugenaussagen beweisen, dass man jetzt das andere Geschlecht hat und dass es unumkehrbar ist.«

»Ist es hart, die Operation durchzusetzen?«

»Ja, vor allem, weil die meisten Transsexuellen gar nicht so weit gehen müssen, um glücklich zu werden. Es ist schwierig, einen guten Chirurgen zu finden. Die Ärzte in Frankreich haben nicht besonders viel Erfahrung mit so einem schweren Eingriff. In Belgien sind sie besser. Aber die echten Profis sitzen in Thailand. Dort habe ich es auch im letzten Sommer machen lassen.«

Sophie starrt ins Leere und lässt sich vom Strom ihrer Erinnerungen zehntausend Kilometer weit forttragen.

 Feuchte Hitze schlägt ihr ins Gesicht. Sie sieht nicht mehr den Feigenbaum und den Hof, sondern das heiße Rollfeld von Bangkok, auf dem sie soeben gelandet ist.

Etwas betäubt steigt sie vor Anaïs aus dem Flugzeug. Im Gegensatz zu ihrer weitgereisten Schwester verlässt sie das erste Mal Europa. Der Chauffeur des Chirurgen erwartet sie am Ausgang des Flughafengebäudes, dessen Sauberkeit und moderne Ausstattung sie überraschen. Sie sieht sich alles aufmerksam an, freut sich, hier zu sein, sieht dem Kommenden gelassen entgegen: Ihre Entscheidung steht fest, und sie ist nicht allein.

Das Auto fährt durch die Straßen Bangkoks. In dieser chaotischen Stadt stehen Hochhäuser neben Slums. In der Klinik erklärt ihr der Arzt die strenge Diät, die sie bis zur Operation einhalten muss. Obwohl das Thai-Fondue lockt, unterwirft sich Anaïs aus Solidarität den gleichen Einschränkungen. Wegen der regelmäßigen Arztbesuche vor der Operation müssen sie in Bangkok bleiben.

Allmählich tauchen die letzten Erinnerungen an ihren Männerkörper auf: der Besuch eines buddhistischen Tempels, der köstliche Geschmack exotischer Früchte; die Flussfahrt mit dem Schnellboot, mit heulendem Motor und gewagten Anlegemanövern. An den Ufern reihen sich Luxushotels, Elendsquartiere und Paläste aneinander. Ihr Spaziergang über einen Markt, wo die Stände von Trockenfisch und Krabben überquellen; die hygienischen Zustände, die jedem an Keimfreiheit gewöhnten Europäer die Sprache verschlagen; die Hochbahn entlang der breiten Straßen, wo die Händler direkt auf dem Boden sitzen: die Frau, die eben noch Gemüse geschnitten hat, wird für ein paar Geldscheine zur Osteopathin, die einem Mann die schmerzenden Finger einrenkt; ein Verkäufer macht auf seinem zusammengestückelten Ladentisch ein Schläfchen; Kinder in Schuluniform laufen an ihnen vorbei; neben einem Tempel zieht ein Mann einen Karren voller Opfergaben.

Eine plötzliche Brise kündigt den Wetterumschwung an. Sophie und Anaïs machen sich Arm in Arm auf den Rückweg zum Hotel. Glocken dröhnen unter den Windböen. Ein heftiger Monsunregen geht auf sie nieder.

Sophie beugt sich vor und zieht ihre Hand aus dem Strahl der Posaune. Sie sieht den Hof und die besorgten Blicke von Pierre und Anatole, Schwindel überfällt sie.

Kaum lehnt sie sich schwankend gegen die Mauer hinter dem Feigenbaum, tragen sie zwei Krankenpfleger zum Operationsraum. Eine Hand befestigt einen Herzfrequenzmesser auf ihrer Brust, eine andere misst ihren Blutdruck. Eine Krankenschwester schnallt ihre Beine auf dem OP-Tisch fest, dann schläfert der Anästhesist sie ein. Nach sieben Stunden schlägt Sophie im Aufwachraum die Augen auf. Anaïs sitzt neben ihr. Eine männliche Stimme redet ihr beruhigend zu, vielleicht der Chirurg.

Am nächsten Tag besteht ihre Mahlzeit aus einer Tasse Tee, Hühnerbrühe und fünf Pillen. Sie ist erleichtert, dass sie keine starken Schmerzen hat. Andere Transsexuelle kommen sie besuchen, Martine, die Lehrerin in Rennes ist, und Lallie, eine reizende Kanadierin. Eine Stunde lang tauschen sie in Sophies Krankenzimmer ihre Erfahrungen aus.

In ihrem von Müdigkeit und Gefühlen vernebelten Kopf vermischen sich unterschiedliche Erinnerungen.

Die Welse auf den Märkten, die Berge von Gemüse und vielfarbigen Gewürzen; Kinder, die in einem stinkenden Kanal baden; der Monsun, der sie bis auf die Knochen durchnässt; das Erwachen nach der Operation; das Chaos von Geräuschen und Gerüchen im Krankenhaus; das Klappern der OP-Instrumente; das Quietschen der Wagen im Flur; das mitfühlende Gesicht von Anaïs, die sie seit Monaten nicht gesehen hat. Anaïs.

Sie braucht Ruhe und Erholung. Im Moment irritieren sie sogar das Zirpen der Grillen und der Duft der Glyzinie. Sie geht hinauf ins Hotelzimmer. Kurz darauf folgen ihre verlegenen Reisegefährten.

24

Wenn Manon später an diese Reise durch Spanien zurückdenkt, bestürmen sie Bilder mit allen Nuancen von Ocker und Opal. Berge über Berge, diesig in der Sommerhitze. Trockene Ebenen, halbe Wüsten. Ellenlange Reihen von Olivenbäumen mit knorrigen Stämmen und silberglänzenden Blättern. In einem von der Sonne verbrannten Feld ein einsamer Orangenbaum, der unter der Last seiner prallen Früchte beinah zusammenbricht. Weiße Dörfer an den Berghängen, ein paar abgelegene Häuser, Männer mit Hunden, die eine Schafherde führen.

Manon wartet an jeder Kurve gespannt auf den nächsten riesigen Osborne-Stier aus schwarzer Pappe. Anatole erklärt ihr, dass er in den 50er Jahren ein Werbesymbol für Brandy war. Seit das Markenzeichen entfernt wurde, gilt er als spanisches Emblem. Windräder, klein und durchsichtig aus der Ferne, wirken aus der Nähe majestätisch mit ihren sich drehenden Flügeln und den blinkenden Lichtern.

Schlösser sind von uneinnehmbaren Festungen umgeben, deren Steine seit dem Mittelalter dem Zahn der Zeit und der Gewalt der Kriege widerstehen. Manon stellt sich Prinzessinnen vor, die oben in ihrem efeubewachsenen Turm auf den Bräutigam warteten, in ihren zarten Händen ein mit Initialen besticktes Taschentuch pressten und beteten, dass die Standarte des Ritters am Horizont auftauchen möge.

Die kleine Gruppe hat Burgos später als geplant verlassen. Anatoles Körper war völlig steif, und er konnte nicht aufstehen. Nach zwei Kortisontabletten schaffte er es zur großen Erleichterung seiner Gefährten wenigstens, sich zum Auto zu schleppen. Manon hatte seine Hand gehalten, bis er die Kraft fand, sich aufzurichten.

Nun sind sie seit einer Stunde unterwegs.

Im Auto herrscht eine geradezu andächtige Stille, die Manon beunruhigt. Sie fürchtet, dass Anatole noch mit seinen Schmerzen beschäftigt, ihr Vater melancholisch und ihre Tante schlechter Laune ist.

Nachdem ihr besorgter Blick von einem zum anderen gewandert ist, wendet sie sich an Anatole:

»Woher weiß man, ob man in einem Traum oder in der Wirklichkeit ist?«

Er lächelt.

»Sehr gute Frage.«

»Man muss sich doch nur kneifen, und wenn man schläft, stürzt man in einen Abgrund und wacht auf, oder?«

»Ja, aber woher weißt du, dass du nicht im Traum aufwachst und dass dein Traum nicht die Wirklichkeit ist?«

»Ihr macht mich noch wahnsinnig!«, ruft Sophie.

»Es wird noch schlimmer. Descartes meinte, das Leben sei der Traum eines Narren.«

Sophie zieht die Brauen hoch, dann starrt sie in die Landschaft, um nicht über diesen Gedanken nachgrübeln zu müssen.

Pierre versteht die Fragen seiner Tochter. Die Wirklichkeit nimmt manchmal überraschende Wendungen, vor allem, wenn man schlechte Zeiten durchlebt. Als Anaïs weg war, schwebte er zwischen zwei Welten und wusste nicht, ob er tot oder lebendig war, wachte oder schlief.

Er versucht sich auf die Straße zu konzentrieren.

Das Gespräch eben lässt in ihm die schmerzlichen Erinnerungen an den 5. Januar aufleben. Zuerst war es ein Tag wie jeder andere, kalt und neblig am Morgen, sonnig am Nachmittag. Eigentlich ist es immer ein Tag wie jeder andere, oder? Er ist sich nicht sicher. Manche spüren es vorher, wenn ihre Welt untergeht, aber er hatte nichts, rein gar nichts Besonderes gemerkt, als er morgens aufstand – der schlagende Beweis für seine Ignoranz.

Er hatte schnell einen Kaffee getrunken und Manon um halb neun in die Schule gebracht, Anaïs schlief noch. Sie blieb morgens immer länger im Bett: Trotz der Medikamente wurde sie nachts von Schlaflosigkeit gequält und versank erst im Morgengrauen in einen tiefen Schlaf. Pierre hatte die Tür hinter sich verschlossen. Im Nachhinein erschien es ihm unwirklich, aber als er den Schlüssel im Schloss drehte, war sie noch da. In den folgenden Wochen würde er sich immer wieder mit der Vorstellung quälen, dass er sich über sie beugen, sie ein letztes Mal hätte küssen können.

Er kam gut gelaunt in sein Büro und arbeitete an den Plänen für ein Museum in Grenoble, wobei er sich ein paar Ausschweifungen bei der Auswahl des Materials und der Raumgestaltung erlaubte. Besonders stolz war er auf seine von hohen schwarzen und grünen Bambusstangen gesäumte Außentreppe. Alle Ereignisse dieses verfluchten Tages, selbst die banalsten, erhielten nach der Tragödie eine seltsame, geradezu anstößige Färbung. Er lachte über einen Witz von François, einen seiner beiden Angestellten. Der unverbesserliche Schürzenjäger erzählte detailreich von seinen Eroberungen. Er hört noch sein eigenes Lachen im Büro hallen; es zerreißt ihm das Trommelfell, dieses verdammte Lachen, das nicht aufhören wollte, während seine Frau die Koffer packte und in aller Eile ihre Abschiedsbriefe schrieb.

Er lachte, und sie ging weg. Er lachte und spürte nicht, dass sie ihn verließ.

Während er durch einen Olivenhain fährt, dessen Blätter in der Sonne glänzen, bricht die eisige, sternenlose Nacht über das Auto herein. Er spürt Anaïs' Bewegungen. In der Dunkelheit steht sie auf, denkt, er schlafe. Ihr zögernder Schritt auf dem Teppichboden wird von dem schwachen Mondlicht geleitet, das sich einen Weg durch die Fensterläden und die Blätter der Birke bahnt. Ihre Gestalt gleitet an seinen halbgeschlossenen Augen vorbei.

Anaïs in ihrem weißen Nachthemd streckt die Arme vor sich aus und durchquert lautlos das Zimmer. Er hört sie den Flur entlang zur Küche gehen, um sich einen Kräutertee mit Brombeerhonig zu machen und zu grübeln, er weiß nicht worüber. Nachdenken, immer nachdenken, die Niederlagen und die Vergangenheit hin und her wenden, das war das Einzige, was sie tat. Er wollte das Spiel nicht mehr mitmachen. Deshalb ertränkte er sich in Arbeit; um nicht mit ihr unterzugehen, hörte er auf, ihr zuzuhören.

Wenn sie immer die gleichen makabren Themen ansprach, verließ er manchmal sogar das Zimmer. Er konnte nicht mehr mit ansehen, wie sie Tonnen von Romanen verschlang, um den Gedanken zu entkommen.

Heute gibt er zu, dass sie ihm mit dem Gejammer, dem nächtlichen Herumirren, dem bleichen Gesicht und dem geisterhaften Auftreten auf die Nerven ging. Sie war so eine fröhliche junge Frau gewesen, als sie sich kennenlernten! Konnte sie sich nicht ein bisschen Mühe geben? So viele Frauen verlieren ihr Kind, ohne deshalb das Leben abzuschreiben. Sie dagegen schien sogar zu vergessen, dass sie eine Tochter hatte und ihn, der bereit für einen Neuanfang war.

Sie hätten miteinander schlafen können, aber nein, sie wandte ihm lieber den Rücken zu oder schloss sich in der Küche ein, das Glucksen des Geschirrspülers als einzige Gesellschaft. Sie wehrte seine Liebkosungen ab, jede Lust in ihr schien erloschen zu sein. Sie sah durch ihn hindurch wie ein Geist. Er ertrug diese Frustration nicht mehr, ihren begehrenswerten Körper neben sich, ihren Duft, ihr auf dem Kissen ausgebreitetes Haar, ohne sie berühren zu dürfen. Anaïs mied jeden Kontakt mit ihm, und auch das nahm er ihr übel.

Aber was hat er unternommen, um sie zurückzuerobern, sie

aus ihrer Depression zu lösen? Nichts. Er hätte mit ihr verreisen können; als sie sich kennengelernt hatten, träumte sie von einer Weltreise. War es denn so schwer, sich etwas Romantisches auszudenken, das sie von ihrem Kummer und der Routine abgebracht hätte?

Seit Monaten zerfrisst ihn das Schuldgefühl, das er erfolglos mit viel Bier zu ersticken versuchte. Er unterdrückt die Tränen beim Gedanken daran, wie sehr sie ihm fehlt, und auch an das, worüber er mit ihr nicht mehr sprechen wollte: die Kinder, die nie zur Welt kamen, deren Herz ein paar Wochen lang schlug und dann stillstand; die Ultraschalluntersuchungen, die ebenso viel Glück wie Leid ankündigten.

Einzelheiten von der letzten Fehlgeburt kommen ihm in den Sinn. Ihr Besuch in der Klinik, nur zur Sicherheit: Anaïs hatte leichte Bauchschmerzen, nicht weiter schlimm. Gerade wird eine Frau aufgenommen, die kurz vor der Entbindung steht. Ihr Mann folgt ihr, er trägt eine Plastikhaube, einen Kittel und grüne Überschuhe, die jeden werdenden Vater albern aussehen lassen, erst recht mit seinem hilflosen Lächeln.

Sie warten, schließlich haben sie es nicht eilig. Pierre liest die Sorge im Gesicht seiner Frau, sie kann sich nicht auf ihr Buch konzentrieren. Er will sich nicht anstecken lassen von ihren Angstgefühlen.

Endlich führt eine Frau sie in den Untersuchungsraum. Dort empfängt sie ein etwa dreißigjähriger Gynäkologe. Anaïs legt sich für den Ultraschall hin. Nur eine Formsache, flüstert ihr Pierre zu.

Die Atmosphäre verändert sich: Die Farben im Zimmer verblassen. Sie verstehen nicht, was der Arzt macht, der ungeduldig gegen den Monitor klopft. Sie glauben an ein Versagen des Geräts, ja, er wird ein anderes holen lassen, das erklärt seine Nervosität und die Besorgnis in seinem Blick. Es ist ärgerlich, wenn man sich nicht auf die Technik verlassen kann.

Dann die vernichtende Mitteilung.

»Es tut mir sehr leid, das Herz schlägt nicht mehr …«

Nun versteht Pierre die auf den Bildschirm trommelnden Finger: ein sinnloser Reflex, eine Regung von Menschlichkeit und Mitgefühl des Arztes, als ob er über den Monitor das Herz wiederbeleben wollte. Anaïs zieht sich in Zeitlupe an, eine Träne rinnt über ihre Wange. Sie setzt sich vor den Schreibtisch des Gynäkologen. Pierre nimmt links neben ihr in dem anderen schwarzen Sessel Platz, aber sie sieht ihn nicht. Das Schluchzen seiner Frau bewegt ihn, doch er wagt sie im Beisein des Arztes nicht zu berühren.

Der blaue Himmel draußen bildet einen starken Kontrast zur Grausamkeit der Diagnose. Ihre Freunde und Verwandten werden wieder nicht wissen, was sie sagen sollen; sie werden es rasch vergessen, wie üblich. Ein abgestoßener Embryo, das ist nur eine Fehlgeburt, kein richtiges Kind, außerdem kommt das so oft vor, daraus muss man kein Drama machen. Dieser Arzt wirkt menschlicher als die anderen: Er leidet mit ihnen, das spürt man. Er weiß: Es ist das Ende von Träumen und Hoffnungen. Der Spaziergang am letzten Sonntag, als sie sich Vornamen überlegten, während Manon mit dem Fahrrad vor ihnen herfuhr. Die Berechnung des Entbindungstermins. Die ersten mütterlichen Sorgen.

»Wir müssen das Gitterbett aus dem Keller holen. Und die Plastikbadewanne. Ein Kuscheltier finden. Vielleicht umziehen. Ein Haus, ein Garten, mit zwei Kindern lohnt sich das schon.«

Zuerst hatte sich Pierre über die Flucht seiner Frau gewundert. Als er begriff, dass er allein der Schuldige war, brach er zusammen.

Seine Liebe war wie gelähmt gewesen, bis Anaïs ihn verließ.

Seit sie weg ist, *existiert der Tag nicht mehr, ist die Sonne versunken*, wie Apollinaire einmal an seine Frau schrieb. Zwischen zwei ausgedehnten Phasen der Betäubung vor dem Fernseher hatte er alle Gedichtbände aus den Regalen seiner Frau gelesen, auf der Suche nach einem Hinweis auf ihren Aufenthalt, einen Schlüssel zu ihren Gedanken.

Mit einer heftigen Geste drückt Pierre Anaïs' Lieblings-CD in den Player.

Sophie sieht ihn überrascht an. Als sie die Tränen in seinen Augen sieht, drückt sie sanft seinen Arm, ohne jedoch die passenden Worte zu finden.

25

Noch mehr Armeen glänzender Olivenbäume, aschgraue Bergketten, trockene Ebenen, Getreidefelder, Umrisse schwarzer Stiere auf den Hügelkuppen.

Anatole ist nicht mehr ganz bei sich, überwältigt von einem diffusen Gefühl an der Grenze zur Schwermut. Die Wiederholung lässt jedes Meisterwerk der Natur banal werden: Man bewundert, man schaut, dann lässt man sich von Erinnerungen forttragen.

Anatole, Manon, Sophie und Pierre betrachten die faltigen Berge, die bernsteinfarbene Erde, die Oliven- und Mandarinenbäume und das weiß gekalkte Dorf, das sich am Fuße eines riesigen Felsen an eine Festung schmiegt.

Vereinzelte Wolken sind an den blauen Himmel getupft. Ein Kaiseradler fliegt mit seinen mächtigen Schwingen über ihnen, auf der Suche nach einem Hasen oder einer Feldmaus, dahin.

Madrid liegt lange hinter ihnen. Jetzt wollen sie ohne Pause bis Córdoba kommen. Manon jauchzt begeistert, als sie auf einer trockenen Wiese Pferde weiden sieht. Sie würde am liebsten in ihre Reitsachen schlüpfen und über die weiten Ebenen galoppieren.

Sophie dreht sich um und lächelt verständnisvoll. Sie kennt ihre Leidenschaft nur allzu gut. Manons Pferdezeichnungen schmücken die Küchenwände und den Kühlschrank. Anaïs hatte sie beim Reiten angemeldet, sobald sie alt genug war; schon mit sechs Jahren wollte sie über Hindernisse springen. Seit die Mutter weg ist, geht sie nicht mehr zum Training.

Anaïs, ihre geliebte kleine Schwester. Als Sophie ihr die wachsende Beklemmung im eigenen Körper offenbarte, fand sie keine Spur von Verachtung in ihrem Blick, nur Verwunderung, dann Mitgefühl und Anteilnahme. Ohne ihre bedingungslose Unterstützung hätte sie es nicht geschafft, die Reise nach Thailand anzutreten.

Ohne ihre Schwester hätte sie ihrem Umfeld nicht mit derselben Sicherheit entgegentreten können. Anaïs nannte sie vom ersten Tag an nicht mehr Frédéric, sondern Sophie; sie akzeptierte sofort die Person, die sie geworden war. Auch Manon war fantastisch. Sie verstand so viel, erstaunlich für ein Kind: Unbekümmert tauschte sie den unglücklichen Onkel gegen eine zufriedene Tante ein. Pierre war zunächst etwas skeptisch, später aber verständnisvoll und hilfsbereit.

Mit ihren Eltern war es schwieriger. In deren Köpfen wird das Nachher wohl für immer dem Vorher gegenüberstehen, die Frau, die sie geworden ist, dem Jungen, den sie großgezogen haben. Sie können ihn nicht vergessen. Ihnen fällt es schwer, sie bei ihrem neuen Namen zu rufen. Fast sind sie erleichtert, dass Sophie sie nicht mehr besuchen kommt. Der Abbruch ihrer Beziehung hat für die Eltern wenigstens einen beträchtlichen Vorteil: Sie müssen keine unangenehmen Fragen der Nachbarn ertragen, wenn diese dem Perücke tragenden Frédéric begegnen. Das wäre gesellschaftlicher Selbstmord.

Aber immerhin konnte Sophie sich auch auf die Unterstützung einiger Freunde und Kollegen verlassen. Außerdem hat sie noch Kontakt zu ihrer Exfrau, Carole, mit der sie acht Jahre lang zusammengelebt hat. Carole hatte zwar nicht den Mut, sie bis zum Ende ihrer Wandlung zu begleiten, aber ab und zu telefonieren die beiden. Das ist in so einer Situation schon mehr als erhofft.

Die hormonale Umstellung nach der Operation war anstrengend. Anaïs amüsierte sich über ihre Launenhaftigkeit. Sie hatte schon erwartet, dass so eine Geschlechtsumwandlung nicht problemlos abläuft: Körper und Geist müssen sich umstellen. Sobald Sophie wieder laufen konnte, schleppte Anaïs sie zum Tempel des Goldenen Berges im Zentrum von Bangkok.

Sophie hat eine sehr lebhafte Erinnerung an diesen ersten Ausflug in ihrer neuen Haut.

Die Hitze ist erstickend. Um den Gipfel zu erreichen, klettern sie einen künstlich angelegten, mit Pflanzen, Kapellen und Wasserfällen verzierten Hügel hinauf. Gerade findet ein buddhistisches Fest statt. Die Pilger steigen mit Lotusblumen, Weihrauchstäbchen und Kerzen nach oben; auf den Treppenabsätzen lassen sie Glöckchen oder Gongs ertönen. Oben beeindruckt sie der Blick auf Bangkok. Eine Stadt voller Gegensätze, Slums neben Villenvierteln, Palästen und Tempeln, Kanälen und modernen Hochhäusern. In einem riesigen Saal beten Mönche inmitten der Gläubigen. Auf einer Terrasse kleben die Menschen Geldscheine an eine schwere Glocke, schreiben ihre Wünsche auf ein rotes Stoffband, legen Opfergaben nieder.

Auch Anaïs hinterlässt einen Geldschein und hält einen Moment inne. Nach einem letzten Blick auf die Stadt machen sie sich an den Abstieg.

In Gedanken flaniert Sophie durch die belebten Straßen der thailändischen Hauptstadt, während ihr Körper durch die andalusischen Ebenen saust.

Die Landschaft, die sie, begleitet von einem mitreißenden Tango, durchqueren, schmückt sich mit hunderten kleinen, bernsteinfarbenen Hügeln.

Dank der Hormone nach der Operation nähert Sophie sich äußerlich immer mehr dem weiblichen Ideal, nach dem sie strebt. Die andere Suche gilt ihrer sexuellen Identität. Obwohl sie sich in ihrem Körper nicht zuhause fühlte, zog es Sophie nie zu Männern. Sie ist auch immer noch in Carole verliebt, und wenn es nur nach ihr ginge, wäre ihre Beziehung noch nicht vorbei. Natürlich musste sie nach der Umwandlung mit einem Mann schlafen, um ihre neuen inneren Landschaften zu erproben. Eine Offenbarung war es nicht. Sie hat noch einen weiten Weg vor sich, um diese neue Intimität zu entdecken.

Manon wundert sich über ihre Tante: Seit einigen Minuten lächelt sie so seltsam, während sie in den Himmel starrt. Sie beugt sich vor, um durch die Windschutzscheibe nach den vereinzelten Wolken zu sehen. Plötzlich erkennt sie eine Eiswaffel mit zwei Kugeln. Ihr knurrt der Magen. Erst entscheidet sie sich gedanklich für Erdbeer und Schokolade, dann überlegt sie es sich anders: Pistazie und Zitrone. Die Waffel knackt zwischen ihren Zähnen, die Spucke läuft ihr im Mund zusammen.

»Papa, ich habe Hunger!«

»Was? Wie spät ist es denn?«

»14:43 Uhr«, antwortet Anatole. »Wir haben das Mittagessen ausfallen lassen.«

»Aber es gab doch ein ordentliches Frühstück!«

Die Mitfahrer verfallen in unmissverständliches Schweigen. Pierre hat ihnen am Morgen Beine gemacht und Manon ausgeschimpft, weil sie zu lange am Büffet geblieben ist. Anatole hat sich nicht getraut, einen zweiten Teller zu füllen. Sie haben ein aufgebackenes Croissant vertilgt und Sophie durfte nicht einmal ihren Kaffee austrinken. Nach zehn Minuten war Pierre ungeduldig aufgesprungen und wollte losfahren, während ihre Teller noch halbvoll mit Brot und geöffneten Konfitüreschälchen waren.

Er zeigt mit dem Finger auf die Knie seiner Schwägerin.

»Unter deinem Sitz sind Bananen.«

Sophie holt eine klebrige Papiertüte hervor.

»Deine Bananen sind schon schwarz und ganz matschig.«

»Das muss reichen, bis wir in Córdoba sind.«

Manon stürzt sich auf die Frucht, die ihr Sophie reicht, und verschlingt sie gierig. Anatole folgt ihrem Beispiel, auch wenn er das Gesicht verzieht. Die Kleine stupst ihn mit dem Ellbogen an, um ihm ihre klebrigen Hände zu zeigen; er lächelt, dann brummt er empört, weil sie sich die Finger an ihrem Kleid abwischt.

Sie will auf keinen Fall das Tuch schmutzig machen. Alles

andere ist ihr egal. Aber dieses Stück Stoff bedeutet ihr so viel, eine sorglose Zeit, als sie noch dachte, dass eine Mutter niemals weggeht. Und all die Bilder, die auftauchen, wenn sie es berührt: ihre Mutter am Strand, das Tuch um den Kopf gebunden, um keinen Sonnenstich zu bekommen. Das Lächeln ihrer Mutter, wenn sie nach der Schule aufeinander zu liefen, ihr Kopf an der mütterlichen Schulter, während das Tuch ihre Wange streifte. Heute ist das Tuch leblos. Der Duft ist verschwunden, das Lächeln verblasst. Ihre blauen Augen erlöschen. Haben sich ihre Hände wirklich einmal berührt?

Manon weiß es nicht mehr. Weil sie wieder und wieder dieselben Erinnerungen heraufbeschwört und sich in Büchern und Träumen verliert, um zu vergessen, kann sie Wirklichkeit und Fantasie nicht mehr auseinanderhalten. Sie denkt an ihre Mutter wie an eine unnahbare Göttin, schön und gutmütig, von magischer Anziehungskraft und doch so fern. Sie hört uns, auch wenn wir ganz leise sprechen, auch wenn wir keinen Beweis dafür haben.

Immerhin beweist ein Brief samt Marke auf dem Umschlag, dass ihre Mutter existiert, wenn auch weit weg.

Aber auf dem Foto vor dem Brunnen wirkt sie so anders. Manon kennt diese Frau genauso wenig wie das Land, in dem sie jetzt lebt. Wie soll sie sich ihren Alltag dort vorstellen, wo sie doch nie da gewesen ist? Trägt sie manchmal einen Schleier? Spricht sie Arabisch? Das ist eine harte Sprache, und die Stimme ihrer Mutter ist so weich. Die *h* und *r* werden ihre zarten Lippen verletzen, die ungewohnten Töne ihrem Gaumen wehtun.

Als sie sich gerade zum hundertsten Mal fragt, ob ihre Mutter glücklich sein wird, sie wiederzusehen, scheint ein Feld mit Sonnenblumen, deren Blüten ihr zugewandt sind, tausendköpfig zunicken.

Ziegen mit geschecktem Fell klettern einen Hang hinauf. Palmen und weiße Häuser säumen die Straße. Auf einem Schornstein haben sich ein paar Störche ein Nest gebaut.

In der Ferne liegt eine von Bergen und grünen Hügeln umgebene Stadt, durch die ein Fluss fließt. Auf einem Schild ist der Name Córdoba zu lesen.

»Wir sind jeden Moment da«, verspricht Pierre, der um nichts in der Welt zugeben würde, dass er selbst vor Hunger stirbt.

26

Seit mehr als einer Stunde ist es dunkel. Am Steuer fühlte sich Pierre wie ein Roboter, er war ein Teil des Autos. Jetzt ist er erleichtert, dass er in seinen Körper zurückgekehrt ist, und dass die Welt wieder stillsteht. Er hat es sich in einem Liegestuhl bequem gemacht, kann Arme und Beine ausstrecken und seinen Blick durch den Nachthimmel schweifen lassen.

Es ist geradezu berauschend, dort oben allmählich die Lichter auftauchen zu sehen. Macht die Sonne die Sterne vor den Augen der Menschen unsichtbar, um einen Teil des Universums mit seinem Geheimnis zu verbergen?

Bis zu diesem Abend schien ihm alles ganz klar: Nachts strahlen Sterne, tagsüber sind sie erloschen. Jetzt, unter dem Eindruck der Müdigkeit, der fremden Umgebung und der Hitze kommt ihm dieses Phänomen verdächtig vor, wie ein Versuch, die Menschheit zu täuschen.

Unter dem Tageshimmel gehen die Menschen unbeschwert ihrer Beschäftigung nach, die Sterne aber konfrontieren uns mit unserer Bedeutungslosigkeit und Unwissenheit. Wo endet dieser Sternenhimmel? Gibt es noch andere bewohnte Planeten? Wie groß ist dieser winzige Punkt, der da in der Ferne funkelt, tatsächlich? Welche Temperatur herrscht dort, woraus besteht er? Sind wir wirklich nur ein vergängliches, in der Unendlichkeit verlorenes Sandkorn?

Der Halbmond spiegelt sich im Schwimmbecken. Er berührt uns nicht mehr besonders, denkt Pierre, selbst wenn er als imposanter Vollmond seine Basaltmeere, Krater und Regolithebenen enthüllt.

Er stellt sich vor, wie sein Vater und Anatole in den Sümpfen Vögel beobachteten. Ab und zu überkommt uns das Bedürfnis, mit der Natur zu verschmelzen, vor allem wenn die warmen

Tage wiederkehren. Aber im Alltag, in unseren großen Städten, deren Straßenlaternen die Sterne unsichtbar machen, lebt man losgelöst von den Dingen. Es zählt nur noch, was nutzbar ist.

Pierre sieht auf die Uhr.

»Ha, es ist genau 22:22.«

»Und was soll da geschehen? Öffnet sich ein Spalt in der Raum-Zeit?«, fragt Anatole, der früher *Star-Trek*-Fan war.

»Ich weiß es nicht. Diese Uhrzeit hat Anaïs immer fasziniert. Ich höre noch, wie sie sie mit geheimnisvoller Stimme verkündete. Es war für sie ein positives Zeichen, genau in diesem Moment auf die Uhr zu sehen.«

»Stimmt, sie hat viel Fantasie«, bestätigt Sophie.

»Ich stelle mir weniger Fragen als sie. Aber hier unter den Sternen wird mir bewusst, dass es eine Menge gibt, wovon wir keine Ahnung haben«, gesteht Pierre.

Anatoles Erzählerstimme durchdringt die Dunkelheit:

»*Ein tiefes Mysterium ist das Unsichtbare. Mit unseren elenden Sinnen können wir es nicht fassen, nicht mit unsern Augen, die weder das zu Kleine sehen können, noch das, was zu groß ist, nicht das, was zu nahe ist, noch das, was zu weit, weder die Bewohner der Gestirne, noch die Infusorien im Wassertropfen*. Das ist von Maupassant.«

Sophie stößt beeindruckt einen Pfiff aus. Pierre wirft einen Blick zum offenen Fenster ihres Hotelzimmers. Dort schläft Manon. Das Quaken von Fröschen ertönt zwischen den Felsen und im Gras. Wenn sie ihren berauschenden Lärm unterbrechen, übernehmen die Grillen, die im Zitronenbaum hinter dem Teich versteckt sind. Die Luft ist mild, eine angenehme Wärme, die ideale Temperatur.

Während Anatole und Pierre die Schläfrigkeit übermannt, denkt Sophie an ihren Nachmittag in Córdoba.

Eine riesige romanische Brücke spannt sich über den sumpfigen Guadalquivir. Auf ihrem Weg durch die Gassen mit weißgekalkten Häusern und gelb gerahmten Türen entdeckten sie friedliche Plätze im Schatten von Palmen, Pinien oder Olivenbäumen, mit historischen Straßenlaternen, Patios voller Blumentöpfe, Springbrunnen und Bougainvilleen, farbige Kirchtürme, die Fenster umrahmenden Azulejos. Der Duft der Orangenblüten, der sie auf ihrem Spaziergang begleitete, versetzte sie in einen köstlichen Rausch. Am Ende offenbarte sich ihnen der prachtvolle Höhepunkt. Sophie ist noch immer begeistert.

»Diese Moschee ist wunderschön mit ihrem Säulenwald und den Zypressen und großen Palmen im Patio, dort fühlte man sich fast schon wie in Marokko.«

»Das ist keine Moschee mehr, sondern eine Kathedrale, seitdem die Christen sie im 13. Jahrhundert von den Moslems zurückerobert haben«, korrigiert der alte Lehrer.

»Zum Glück haben sie das meiste bewahrt, es wäre so schade gewesen, das alles zu zerstören.«

»Ja, der Mihrab mit seinem Goldmosaik an der Decke ist wundervoll. Das war der heilige Raum, in dem der Imam das Gebet anstimmte. Aber heute ist die muslimische Religionsausübung dort verboten.«

Anatole denkt daran, dass es eine Zeit gab, als Moslems, Juden und Katholiken in den engen Gassen der Altstadt von Córdoba friedlich zusammenlebten.

»Intoleranz gibt es in vielerlei Hinsicht. Religion, soziale und ethnische Herkunft, Geld, aber nicht nur. Auch als alter Mensch fühle ich mich ausgeschlossen. Mein Altern in den Blicken der anderen reflektiert zu sehen war ebenso schmerzhaft wie der Verlust meiner Kräfte. Ich las darin Verachtung, Mitleid oder Verlegenheit.«

»Das kann ich gut verstehen. Anaïs und ich haben so etwas Ähnliches erlebt, als wir kein zweites Kind bekommen konnten.«

Sophie kaut auf einem Grashalm herum und fügt mit ihrer heiseren Stimme hinzu:

»Es tut mir leid, Anatole, aber alte Leute konfrontieren uns mit mehr oder weniger beängstigenden Aussichten. Falten, Altersheim, Alzheimer, man hat einfach keine Lust, daran erinnert zu werden.«

Anatole nickt, er kann mit der Erklärung leben, dass dieses abweisende Verhalten der Angst vor dem Altern entspringt.

Pierre wirft einen Stein ins Wasser. Drei konzentrische Kreise verzerren für einen Moment das Spiegelbild des Mondes, ehe es seine Klarheit wiederfindet.

Sophie seufzt.

»Das Schlimmste ist, wenn jemand als untypisch eingeordnet wird, also potenziell gefährlich, weil sich die meisten nicht die Mühe machen, den Menschen kennenzulernen und hinter die äußere Erscheinung zu schauen. Jemand ist schwarz, transsexuell, behindert, er wird durch ein Prisma betrachtet, das ihn entstellt. Jemand weckt Angst und Misstrauen, man geht ihm besser aus dem Weg.«

Pierre dreht sich zu ihr um:

»Wie hast du es geschafft, diese Ablehnung zu ertragen? Dein Fall ist viel ungewöhnlicher als unsere.«

»Mit Galgenhumor. Und außerdem hatte ich Zeit, meine Entscheidung reifen zu lassen.«

Nach ihrer Operation hat Sophie ein Sabbatjahr genommen. Sie wird das Getuschel nie ganz vermeiden können, aber gemessen an anderen, die nach der Geschlechtsumwandlung den Job verloren haben, kommt sie ganz gut zurecht. Ihr Chef hat eine Rundmail an alle Abteilungen geschickt, um ihre Entscheidung zu erklären. Der Zwischenfall auf der Düne hat ihr allerdings gezeigt, dass sie immer noch sehr dünnhäutig ist. Sie berührt ihre Perücke. Dann schaut sie zum Mond.

Durch die hohen Palmenwipfel funkeln die Sterne, als könnte das Tageslicht nie mehr Macht über sie erlangen und sie den Blicken der Menschen entziehen.

27

Nachdem Pierre sie am nächsten Morgen um sieben Uhr ebenso bestimmt wie am Vortag aus dem Bett getrieben hat, frühstücken sie im Hotelrestaurant Minztee und Kaffee mit einer Tortilla. Währenddessen erläutert der Kapitän das Tagesprogramm.

Manon, die um diese Zeit noch kein Kartoffelomelette runterbekommt, taucht genüsslich ihren mit Konfitüre bestrichenen Toast in den Kakao. Braune und rote Tropfen laufen ihr übers Kinn. Anatole sitzt neben ihr und breitet ein ganzes Sortiment von Tabletten aus, für das Herz, gegen die Arthrose und die Schmerzen, außerdem Vitamine.

Drei Stunden werden sie bis Algeciras brauchen, erklärt Pierre. Dort erwartet sie die Fähre, die mittags nach Tanger ablegt. Dann möchte er gern in einem Ritt bis Essaouira fahren. Sie werden noch mindestens sieben Stunden brauchen, bis sie zur Stadt der Passatwinde gelangen, in der Anaïs lebt.

»Dann sehen wir Mama schon heute Abend?«, fragt Manon, die ihr Brot gerade eingetaucht hat und nun vor Aufregung ganz vergisst, es in den Mund zu stecken.

Das aufgeweichte Stück löst sich, fällt in den Kakao und bespritzt dabei ihr T-Shirt. In der braunen Flüssigkeit löst sich das Brot endgültig auf; kleine rote Krumen steigen an die Oberfläche.

»Wenn wir sie finden, ja.«

Bei diesem letzten Wort ist Pierres Stimme nur noch ein Flüstern.

Heute Abend. Das klingt so unwirklich. Monatelang haben sie sich ohne sie gequält, immer wieder gegen die Vorstellung angekämpft, sie nie mehr wiederzufinden, und heute werden sie sie vielleicht wahrhaftig sehen, berühren, mit ihr reden!

Kurz darauf entdeckt Manon durch das Autofenster Mohnblumenfelder zwischen den Olivenbäumen; unglaublich viele Blüten in regelmäßigen Abständen auf der braunen Erde, wie die Erdbeerkonfitüre in ihrem Kakao: Alles auf ihrer Reise färbt sich rot und geht in Flammen auf.

Andalusien wirbelt an ihr vorbei, schön und bedrohlich, wie die Frau mit schwarzem Haar in einem Flamencokleid, die tanzt, bis ihr schwindelig wird. Manon hat sie am Vorabend in einem Café gesehen, sie drehte sich wie ein Kreisel, und ihr leidenschaftlicher Blick war in die Ferne gerichtet, weit über das faszinierte Publikum hinweg, das sie stolz ignorierte. Das Rot ihres Kleides wird für Manon immer mit dieser Region verbunden bleiben. Ihre Absätze knallten und ihre Hände klatschten, kündeten vom Schmerz der Welt, ihre Arme streckten sich in einer Mischung aus Kraft und Anmut gen Himmel, ihr Kleid hob sich, offenbarte üppige Formen, riss die Gitarre und die Zuschauer in einen immer schnelleren Wirbel.

Als Manon ihr Tuch auseinanderfaltet, entdeckt sie an einem Zipfel einen karminroten Fleck, der sie erschauern lässt. Konfitüre? Entschlossen, dem Stoff um jeden Preis seine ursprüngliche Reinheit zurückzugeben, reibt sie mit etwas Speichel die geschändete Stelle: Sie will das düstere Omen so schnell wie möglich vernichten.

Seit ihrer frühesten Kindheit bewegt sich Manon in den Schlingen von Anaïs' Depression. Wenn sich ihre Mutter in die Küche verzog, spürte sie, wie traurig sie war.

Als sie weggegangen war, ohne etwas über ihr Ziel und ihre Absichten zu offenbaren, hatte sich Manon vorgestellt, dass sie am Grund des Meeres liege, das sie so liebte.

Ihre Mutter wurde ihr Atlantis.

Wenn sie sich abends unter der Decke zusammenrollte, sah sie ihren Körper wie in Zeitlupe in der kalten Dunkelheit versinken und von Ungeheuern gefressen werden.

 Sie dreht sich zu Anatole um:

»Weißt du, wie die Fische aussehen, die ganz unten am Meeresgrund leben?«

Er sieht sie erstaunt an.

Während sie durch Blumen- und Olivenfelder fahren, Eseln und Kühen begegnen, schwimmt dieses merkwürdige Mädchen in den Tiefen des Ozeans. Aber es ist ihm recht, er hat eine Schwäche für die fantastische, ungastliche Welt. Tiefsee. Er liebt das Wort und das Geheimnis, das es umgibt. Ab fünfhundert Metern Tiefe kann die Sonne die Dunkelheit nicht mehr durchdringen. Die Lebewesen dort unten sind wahrlich beängstigend. Es ist sehr kalt, die Fische bewegen sich in absoluter Stille, unter enormem Druck, und, was besonders ungewöhnlich ist, sie haben Leuchtorgane, wie innere Fackeln. Sie haben sich angepasst, indem sie ihr eigenes Licht produzieren.

Manon kann es kaum glauben: Die Fische leuchten? Das ist doch unmöglich!

Aber es stimmt, versichert der Lehrer. Dieses Phänomen heißt Biolumineszenz. Dadurch können sie jagen und sich verständigen. In den Tiefen begegnet man Fischen mit riesigen Glubschaugen. Viele sehen unheimlich aus und tragen fantasievolle Namen: Sie heißen Drachenfische, Fangzahnfische, Fledermausfische, Eidechsenfische, Laternenfische und Seekatzen.

Die häufigsten Lebewesen am Meeresgrund sind die Seegurken. Diesen Namen findet das Mädchen noch lustiger als die anderen. Auch Anatole lächelt verschmitzt. Das sind die Meeresstaubsauger, sie sehen aus wie dicke Würste und ernähren sich von den Kadavern der Walrosse und Wale.

Manon vergeht das Lachen. Ihre Hände verkriechen sich zwischen ihren Schenkeln, auf den Armen stehen ihr die Haare zu Berge.

»Kaver sind die Toten, stimmt's?«

»Ja, ein Festmahl für unsere Freunde, die Seegurken.«

Manon schluckt.

Anatole versucht hastig, sie zu beruhigen. Sie wird bestimmt nie so einem Geschöpf über den Weg laufen. Aber die Kleine ist ganz blass geworden.

»Diese Monster am Meeresgrund, die Kaver fressen, haben die große Zähne?«

»Kadaver«, korrigiert er und fügt hinzu, dass diese Fische riesige Mäuler und lange, scharfe Zähne haben. Weil sie nicht viel sehen, verschlingen sie damit alles, was ihnen in die Quere kommt. Vor allem die Drachen sehen furchterregend aus.

Manon schaudert, sie dreht den Kopf weg. Anatole versteht nicht, warum sie so plötzlich das Interesse für die Welt der Tiefsee verloren hat. Er wollte sie ablenken, aber offenbar hat er sie mit seinen Beschreibungen erschreckt.

Da sie in die Betrachtung der Landschaft versunken scheint, stört der Alte sie lieber nicht.

Im Blau des Himmels erinnert eine dicke Wolke Manon an die Seegurke. Sie stellt sich das riesige Maul vor und ihre ganz kleine Mutter, die mit einem Happs verschlungen wird. Wenn sie Glück hat, verschluckt das Monster sie in einem Stück, und die grausamen Zähne bohren sich nicht in die zarte Haut, ihr seidiges Haar. Sie bleibt in seinem Bauch, wie Pinocchio im Wal, und wird für immer in ihrem lebendigen Sarg liegen, dessen Name die Kinder zum Lachen bringt. Sie wollte so gern reisen, nun wird sie in der Tiefsee schwimmen, bis auch die dicke Wurst stirbt und nicht weiter auf der Suche nach Kavern herumirrt.

So ein Quatsch. Es ist blöd, so was zu denken, ihre Mutter ist doch in Marokko, sie lebt! Manon hat den Beweis. Den Brief. Das Foto. Aber sie hatte solche Angst, so viele Nächte allein in ihrem Zimmer, wo sie sich das Schlimmste vorstellte. Sie schafft es einfach nicht, diese Bilder völlig zu verdrängen. Damit die dunklen Gedanken und die Wölfe endgültig verschwinden, muss sie ihre Mutter sehen und spüren.

Sie holt ihr Tagebuch aus dem Rucksack und beschließt aufzuschreiben, woran sie sich erinnert, bevor ihre Mutter sie verlassen hat. Wenn sie sie wiedertrifft, werden sie zusammen daran zurückdenken, am Strand, vor dem Haus mit der genagelten Tür, während sie die Dromedare vorbeiziehen sehen.

Sie greift nach ihrem schönsten Federhalter und beginnt zu schreiben.

Letzte Erinnerungen mit Mama (das *M* ist ein schöner, verschnörkelter Großbuchstabe, dahinter kommt ein Herz, das Manon mit rotem Filzstift ausmalt, ganz sorgfältig, obwohl es ihr in dem ruckelnden Auto schwerfällt, nicht über den Rand zu kommen).

Sie schreibt ohne Unterbrechung, bis ihr Handgelenk erlahmt.

Letzter Film, den wir zusammen gesehen haben: Hugo Cabret.

Letztes Buch, das wir zusammen gelesen haben: Sophiechen und der Riese.

Ihr letzter Kuss: Ich habe nicht aufgepasst, ich wusste nicht, dass es der letzte ist.

Ihre Anziehsachen am Tag, bevor sie weggegangen ist: ein weißer Rollkragenpullover, Jeans, beige Lederstiefel, als ich sie vor der Schule gesehen habe, habe ich an die Schneekönigin gedacht.

Ihr letztes Lachen: beim Lesen eines Graffiti an der Hauswand: »Ich würde gern in einem Musical leben«, daneben war ein offener Regenschirm gemalt.

Komisch, an den letzten Tagen, bevor sie uns verlassen hat, sah sie manchmal fröhlicher aus als früher, und dann ist sie trotzdem weggegangen. Vielleicht wollte sie wegen des Graffiti zur Sonne, um mehr Licht und Musik zu haben.

Ihre letzten Worte, als sie mir Gute Nacht gesagt hat: »Hast du das Buch schon ausgelesen? Du liest schnell … Liest du auch alles?«

28

Zwischen dem Felsen von Gibraltar und den windigen Stränden von Tarifa taucht der Hafen von Algeciras auf. Anatole denkt daran, dass Christoph Kolumbus 1492 von dieser Küste auf der Suche nach einem neuen Seeweg nach Indien aufbrach und dann Amerika entdeckte. Eine historische Eroberung, die mit dem fast völligen Verschwinden der einheimischen Bevölkerung bezahlt wurde. Die Indianer, so genannt, weil der Eroberer vor allem in Indien zu landen meinte, empfingen ihn mit Baumwolle, Gold und Papageien, ohne zu ahnen, welches Schicksal sie erwartete.

Um halb zwölf reihen sie sich in die Autoschlange für die Mittagsfähre ein. Wehmütig betrachtet Anatole die Fahrzeuge, deren Lack von der Zeit stumpf geworden ist und deren Karossen zerbeult sind. Auf den Dächern liegen große, in Decken, Planen oder Teppiche gewickelte, mit Seilen festgezurrte Pakete. Das sieht fast genauso aus wie vor dreißig Jahren.

Die Sonne bleicht den Hafen und die Schiffe, das Meer funkelt, Windräder drehen sich. Auf der anderen Seite der Meerenge von Gibraltar erahnt Manon die Konturen einer unbekannten Welt. Tanger. Marokko. Afrika.

Eine typische Hafenatmosphäre mit Frachtschiffen aus Asien und Amerika, auf denen riesige rote und grüne Container stehen.

Manon sieht zu, wie ein Kran diese farbigen Kästen auf ein riesiges Schiff lädt. In welches Land werden die Erdbeeren aus Spanien wohl gebracht?

Die Lastwagen und der Wind wirbeln Staub auf. Sophie springt von einem Sender zum nächsten, dann entscheidet sie sich für einen Kanal mit Raï-Musik. Anatole verzieht das Gesicht. Er hört lieber Klassik.

Weil sich die Schlange nur sehr schleppend vorwärts bewegt, öffnet Pierre die Fenster und stellt den Motor ab. Die ersten »Salām« ertönen. Ein Marokkaner in Djellaba läuft mit einem Tablett Minztees zwischen den Autos herum. Er bietet Sophie und Anatole davon an. Eine wohltuende Erfrischung in der Hitze, die trotz der Meeresbrise herrscht. Ein anderer Mann bietet ihnen an, Geld zu tauschen, aber Pierre weist ihn ab. Dafür kauft er von einem zehnjährigen Jungen eine große Flasche Mineralwasser, auf die sich alle vier wie Verdurstete stürzen.

Nach einer halben Stunde fährt das Auto auf die Fähre. Die Zollformalitäten werden erst bei der Ankunft erledigt, erklärt ihnen ein Polizist, der flüchtig ihre Pässe und Fahrkarten kontrolliert. Dann fahren sie über eine steil in den Himmel ragende Brücke. Ein Mann in gelber Weste dirigiert sie zu einem Parkplatz.

Erleichtert, an Bord zu sein, gehen die vier auf das Oberdeck. Endlich können sie die steifen Glieder strecken. Sie blicken zurück auf den Hafen, die Stadt und die Berge um Algeciras. Pierre geht Sandwiches kaufen, während sich die Fähre langsam von der spanischen Küste entfernt.

Möwen segeln über ihren Köpfen und stoßen schrille Schreie aus. Eine taucht ins Wasser ein und kommt mit einem Fisch im Schnabel wieder heraus.

Manon, Anatole und Sophie steht nicht der Sinn nach Mittagessen. Sie lehnen sich an die Reling, starren nach vorn und können kaum fassen, dass sie bald in Marokko anlegen werden, um Anaïs wiederzusehen. Was erwartet sie dort?

Für Anatole ist diese Frau ein einziges Rätsel. Er hat sie auf dem Foto gesehen, hat versucht, sie durch ihre Briefe und die Beschreibungen ihrer Verwandten zu verstehen. Sein erster Eindruck von einer Mutter, die ihr Kind verlassen und ihm monatelang nicht geschrieben hat, ist nicht gerade vorteilhaft.

In seiner Vorstellung ist sie unausgeglichen, unreif und egozentrisch. Mag ja sein, dass sie Schweres durchgemacht hat, aber wer hat das nicht? Er selbst hat nicht selten mit dem Gedanken gespielt, seinen Schülern mitten im Schuljahr den Rücken zuzukehren und auf Reisen zu gehen, eine Pause zu machen, alles stehen und liegen zu lassen. Sein Pflichtgefühl hat ihn daran gehindert. Man macht es sich ziemlich einfach, wenn man vor seiner Verantwortung flieht, um woanders neu anzufangen.

Zwar erkennt er, dass er sie verurteilt, bevor er sie überhaupt kennengelernt hat. Aber für ihn ist sie eine rücksichtslose Frau und keine schöne Naive, die aufgebrochen ist, um einen wunderbaren Traum zu verwirklichen. Hauptsache, sie empfängt nach dieser langen Trennung wenigstens ihre Tochter anständig: Sich vorzustellen, dass es auch nur den Schatten einer Zurückweisung geben könnte, zerreißt ihm das Herz.

Auch Sophie schlägt sich mit finsteren Gedanken herum. Pierre stellt sich darauf ein, seine Frau wiederzufinden, ohne zu ahnen, dass sie mit ihrem Liebhaber nach Marokko gegangen ist. Es ist grausam, ihn glauben zu lassen, dass sie allein in einem weißgetünchten Häuschen sitzt, nachdenkt und ihre Tage damit verbringt, einen Roman zu schreiben, während sie in den Armen eines Anderen liegt. Sophie hat Mitleid mit ihrem Schwager. Wie weit geht ihre Verpflichtung gegenüber Anaïs?

Von diesen Skrupeln bekommt sie Migräne. Weil sie kein Aspirin bei der Hand hat, zündet sie sich eine Zigarette an. Auf einmal packt sie die Klaustrophobie: Sie hasst das Gefühl, in einem Riesenkasten eingesperrt zu sein, der sich ohne ihr Zutun vorwärts bewegt und aus dem sie nicht raus kann. Sie hat Angst vor dem Wiedersehen. Sie hätte gern auf die Geständnisse ihrer Schwester verzichtet. Das Geheimnis wiegt zu schwer. Sie fürchtet, dass Manon und Pierre ihr böse sein werden, wenn sie erfahren, dass sie davon wusste und nichts gesagt hat. Nein, sie erträgt es nicht, so hinterhältig zu sein. Ihr Kopf fühlt sich an wie in einem Schraubstock, er schmerzt bei jedem Zug.

Plötzlich zeigt Manon auf eine große Welle und ruft:

»Guckt mal! Delfine!«

Dutzende Fahrgäste rennen zu dem Mädchen und blicken aufs Meer. Tatsächlich schwimmen einige Delfine vor der Fähre her und machen kunstvolle Sprünge, die den Zuschauern bewundernde Rufe entlocken. Viele haben den Fotoapparat griffbereit.

»Habt ihr gesehen, der Bauch ist ganz weiß!« Manon ist begeistert. »Und der da kommt zu uns, er sieht aus, als würde er lächeln!«

Anatole sieht die Kleine zärtlich an, er freut sich, dass die Delfine sie mit ihren Sprüngen aufheitern. Er dreht sich nach Sophie um. Was hält sie wohl von diesem heiteren Schauspiel? Doch Sophie ist totenbleich und lehnt reglos an einer Schiffswand. Ist sie etwa seekrank? Oder fürchtet sie sich vor dem bevorstehenden Wiedersehen mit ihrer Schwester? Sie hätte allen Grund.

Er geht zu ihr.

»Sie sehen nicht gut aus.«

Gerührt von der Anteilnahme des Alten legt ihm Sophie die Hand auf den Arm. Diesmal zuckt Anatole nicht zurück. Sein Blick ermuntert sie, sich ihm anzuvertrauen. Mit einem Schluchzen bricht es aus ihr heraus: Soll sie Pierre noch länger verheimlichen, dass seine Frau einen Anderen hat? Ist sie ein Ungeheuer, weil sie ihm vor der Reise nichts gesagt hat? Und wenn Anaïs nun auf dem Absatz kehrtmacht? Das kann nicht gut gehen, die ganze Reise ist eine Schnapsidee. Pierre war so begeistert und sie selbst so glücklich, ihre Schwester wiederzusehen, dass sie die Augen vor der Wirklichkeit verschlossen hat. Eine Zeitlang hat sie sich eingeredet, dass Anaïs bestimmt

wieder zur Vernunft kommt, sobald sie Pierre und Manon sieht.
Aber je öfter sie ihren Brief liest, desto klarer wird ihr, wie sehr ihre Schwester in diesen Patrick verliebt ist. Ein Wiedersehen unter solchen Umständen ist doch völlig absurd.

»Was meinen Sie? Was soll ich tun?«

»Ich werde Ihnen meine Meinung sagen. Ich finde, dass Pierre die Wahrheit erfahren muss. Er ist so loyal und naiv, wenn er von ihr spricht. Man kann ihn nicht einer Illusion entgegenrennen und auf einen Liebhaber stoßen lassen.«

Sophie nickt. Sie brauchte eine Bestätigung, um diesen Schritt zu gehen.

Manon ruft:

»Sie sind alle gleichzeitig gesprungen! Kommt her, jetzt sind sie ganz nah! Ich habe ihnen Namen gegeben!«

29

Eine Stunde später erahnen die Reisenden Tanger mit seinen unterschiedlich großen Häusern auf dem Kasbah-Hügel, wie ein riesiges Amphitheater zwischen Bergmassiven und weißem Strand. Hier und da tauchen ein paar Palmen auf.

Begeistert blickt Anatole auf die näher kommende weiße Silhouette. Sein Puls wird schneller, als er an die Koryphäen denkt, die sich von diesem Ort inspirieren ließen. In der Stadt, die von den verschiedenen Zivilisationen erobert und zurückerobert wurde, in der sich die Sprachen mischen und Moscheen neben Kathedralen stehen, schufen große Künstler Meisterwerke, die über Generationen hinweg Millionen Menschen begeisterten. Zuerst Delacroix, dann Matisse, der seinen Pinsel in die Farben Tangers tauchte, um hier etwa zwanzig Gemälde zu schaffen; der amerikanische Schriftsteller Paul Bowles, der sich hier niederließ und Truman Capote und Tennessee Williams zu sich einlud, die ebenfalls wie verzaubert waren. Die Rolling Stones und die Beatles schufen hier ihre besten Songs. Sogar Antoine de Saint-Exupéry war in der Stadt.

Pierre isst seelenruhig sein Sandwich, während er mit Manon die springenden Delfine beobachtet. Sophie bringt es nicht übers Herz, diesen Moment der Vertrautheit zu stören, indem sie Pierre eine Neuigkeit offenbart, die ihm das Herz brechen wird und Manons gleich mit.

Aber sie kann das Geständnis nicht ewig hinausschieben. Die Zeit drängt.

Als sie zum Auto zurückkehren, stellt Sophie fest, dass ihre Hände trotz der Hitze eisig sind. Ihre Migräne verschlimmert sich, sie ist am ganzen Körper mit kaltem Schweiß bedeckt. Die Erleichterung durch das Gespräch mit Anatole hat nicht lange angehalten. Sie hat sich schon ewig nicht so elend gefühlt.

Noch nie hat sie sich so vor einem Gespräch gefürchtet. Es fiel ihr sogar leichter, ihren Eltern ihre Transsexualität zu offenbaren. Damals stand nicht das Lebensglück eines Mannes und ihrer Nichte auf dem Spiel. Es war ihre persönliche Wahl, die nur sie selbst betraf.

Während Pierre nach einem kurzen Stopp beim marokkanischen Zoll auf die Küstenstraße nach Rabat fährt, wünscht sich Sophie sogar, dass irgendetwas sie an der Weiterfahrt hindern möge: ein Mageninfekt, ein Zusammenstoß mit einem Dromedar, die Landung von Außerirdischen – *irgendwas*. Und wenn sie eine Ohnmacht vortäuscht? Sophie schämt sich ihrer Feigheit und die Migräne hämmert immer noch quälender in ihren Schläfen.

Schon als Pierre die Reise plante, hätte sie ihm besonnen die Wahrheit gestehen müssen. Aber Anaïs hatte ihr mit dem Brief ihr Vertrauen geschenkt.

Pierre wirft einen Blick zu seiner Schwägerin:

»Was ist denn mit dir los? Hast du auf der Fähre einen Sonnenstich bekommen? Stresst dich die Vorstellung, dass wir Anaïs nicht finden? Ich weiß nicht warum, aber ich hab's im Gefühl, Essaouira ist ja nicht so groß, die hübsche blonde Gazelle bleibt sicher nicht unbemerkt. Du kennst sie ja … Ich weiß noch, wie wir uns kennengelernt haben. Sie hat mich im Fahrstuhl angesprochen, irgendwas vom Regen erzählt, mit ihrem strahlenden Lächeln! Ja, ja, ich weiß, du hast diese Geschichte schon tausendmal gehört. Ich hätte stundenlang mit ihr in diesem Käfig bleiben können. Als ich in der neunten Etage ausgestiegen bin, hatte ich das Gefühl, auf dem Mond zu landen.«

Zum Teufel mit seiner guten Laune und seiner Naivität, die beinah an Blödheit grenzt. Sie starrt ihn fassungslos an: dieses bescheuerte Grinsen! Ahnt er wirklich nichts? Überhaupt nichts? Meint er, seine Frau verlässt ihn einfach so, lässt ihn mit seiner Tochter sitzen, nur um in der Sonne Marokkos Energie zu tanken und einen Roman zu schreiben? Ohne etwas von sich hören zu lassen? Na prima, jetzt regt sie sich auch noch über ihren Schwager auf, der doch nur ein Opfer ihrer Lügen ist. Das wird ja immer besser. Der letzte Rest Selbstachtung ist dahin.

Anaïs schien viel zu tief in ihrer Depression zu stecken, um einen Liebhaber zu haben. Kein Wunder, dass er nichts gemerkt hat. Ein Liebhaber. Komisch, dieses Wort passt so gar nicht zu Anaïs. Aber man soll ja bekanntlich nie nie sagen, selbst nicht bei den Menschen, die man am besten zu kennen glaubt. Niemand ist gegen die Liebe gefeit. Und warum auch? Das Leben ist kurz. Sophie stellt sich Anaïs in den Armen von Patrick vor, den sie nie gesehen hat. Welche Haarfarbe hat er, welche Statur? Ist er ernst oder lustig? Oder skrupellos, da er eine Frau ihrer Familie, ihrer Tochter wegnimmt? Liebt er sie oder manipuliert er sie? Aber warum sollte er sie manipulieren? Sie scheint doch glücklich zu sein, nach den Briefen zu urteilen.

All diese Gedankenspiele sind eine Qual. Rauchen. Nein, besser nicht, wegen der Kopfschmerzen. Außerdem ist es in diesem Faschistenauto verboten.

»Anatole, hätten Sie vielleicht eine Aspirin? … Wie, Paracetamol? Ja, geht auch, danke … Nein, nichts, Migräne, das geht vorbei.«

Pierre flucht. Die Autos überholen in den Kurven und überfahren die Sicherheitslinie, ohne auch nur zu blinken. Dann stehen sie im Stau. Ein Tanklastwagen ist in den Straßengraben gestürzt. Sophie hofft, dass nicht ihre Gedanken den eben noch herbeigesehnten Zwischenfall ausgelöst haben. Wenn doch, haben sie schlecht gezielt, denn sie fahren unbeschädigt weiter, während der Fahrer des Schwerlasters wahrscheinlich ziemlich schlecht dran ist.

Manon starrt fasziniert auf die Straße. Das ist längst nicht so langweilig wie in Frankreich! Hier gibt es Eselskarren, Mopeds, auf denen drei Menschen sitzen, schwer beladene Fahrräder, Kinder, die zwischen den Johannisbrotbäumen Schafe hüten. Auf der Böschung stehen Händler mit Ständen, die unter Bananen, Pfirsichen, Feigen und Granatäpfeln bald zusammenbrechen. Sie würde alles dafür geben, dass ihr Vater anhält und eine dieser roten, sicher supersüßen Wassermelonen kauft, aber er rast weiter, seiner fixen Idee entgegen.

Während das Auto durch Melonen- und Zuckerrübenfelder fährt, stößt Sophie plötzlich mit übermenschlicher Anstrengung hervor:

»Pierre, ich muss mit dir reden.«

Er schaut sie zwei Sekunden lang erstaunt an und stößt fast auf einen Roller.

»Was ist los, bist du krank?«

»Was ich dir zu sagen habe, macht mich krank.«

Pierre wird blass. Er stellt das Radio ab.

»Ich hasse solche Ankündigungen. Nach deinem Gesicht zu urteilen ist es ernst. Du hast Nachricht von Anaïs, stimmt's? Sie hat dich angerufen!«

Manon und Anatole auf der Rückbank erstarren. Alles, was die Kleine eben noch lustig fand, verdunkelt sich: Über die Sonne legt sich ein Schleier, die Tiefsee verschlingt das Auto, ihr Körper versinkt im Abgrund. Eisiges Schweigen überflutet den engen Raum, während Sophie plötzlich so furchteinflößend wie ein Seedrachen aussieht.

»Ich würde es dir lieber beim nächsten Halt erklären.«

»Der nächste Halt? Verdammt noch mal, das ist in drei Stunden!«

Er schlägt mit der Faust wütend auf das Lenkrad und hupt ungewollt. Sophies Gesicht ist so weiß wie die Wolken.

»Halte bitte vorher an.«

»Komm schon, ich raste gleich aus! Ist ihr was passiert?«

Manon beugt sich nach vorn und fragt voller Panik:

»Hat man Mamas toten Körper am Meeresgrund gefunden?«

Pierre bremst heftig, weil ihn ein Auto ohne Vorwarnung überholt und der Lastwagen vor ihnen den Wagen daran hindert, sich wieder rechts einzuordnen.

Er starrt seine Tochter im Rückspiegel an.

»Ihr Körper, das Meer? Was ist nur …«

Anatole mischt sich ein:

»Beruhigt euch, Anaïs ist nichts passiert, nicht wahr, Sophie?«

»Nein, natürlich nicht, ich muss nur mit dir reden, das ist alles.«

Pierre bringt keinen Ton mehr hervor. In ein paar Minuten werden sie Larache erreichen.

Jetzt, wo sie angefangen hat, kann Sophie nicht mehr zurück. Die Lüge, die ihren Schwager schützen sollte, muss jetzt entschärft werden. Kann gut sein, dass ihnen die Wahrheit um die Ohren fliegt.

30

Kaum in Larache angekommen, parkt Pierre in einer Gasse neben einer Moschee und würgt den Motor ab, so dass ihre Köpfe nach vorn geschleudert werden. Alle vier steigen aus, so blass, als gingen sie zu ihrer eigenen Hinrichtung. Ihre Schatten schwanken über das Pflaster. Sophie bewegt sich in Richtung Zentrum, gefolgt von ihrem Schwager. Anatole schlägt vor, mit Manon einen Happen zu essen, er hält es für besser, dass sie bei dem Gespräch nicht dabei ist.

Pierre knurrt eine unverständliche Antwort. Das ist ihm völlig egal, er will nur endlich wissen, was los ist. Andererseits würde er seine Schwägerin am liebsten stehen lassen und ohne sie weiterfahren, weg von den Worten, die ihm das Herz brechen werden. Wenn es eine schlechte Nachricht ist, und alles spricht dafür, werden seine Hoffnungen in sich zusammenfallen, seine Träume zerplatzen. Ohne Schreckensnachricht wird er sein Vorhaben zu Ende führen, und wenn er erst einmal vor Anaïs steht, wird sich alles in Wohlgefallen auflösen, ja, er wird mit ihr sprechen, sie beruhigen, sie zur Rückkehr bewegen.

Sie gelangen an einen Platz, der sie an Andalusien erinnert: ein Dutzend Palmen und ein Springbrunnen in der Mitte, gesäumt von Cafés und kleinen weißen Häusern mit blauen Fensterläden. Die neoklassizistischen Fassaden stammen aus der Zeit des spanischen Protektorats. Auf einer Steinbank schwatzen verschleierte Frauen, Fahrradfahrer beleben die Straße, die zum Meer führt, Männer trinken auf den Caféterrassen Minztee. Ein paar entspannte Touristen schlendern herum, den Fotoapparat um den Hals.

Sophie liest auf einem Schild *Place de la Libération*. Von wegen Befreiung!

Sie betritt mit Pierre durch eine große hellrote Tür hindurch die Medina, als sei es ein Gang zum Henker. Ihre niedergeschlagenen Gesichter und ihre gebeugten Rücken passen nicht in die Umgebung: Um sie herum lachende Kinder, gleißendes Sonnenlicht, bunte Tücher und Stoffe, die vor den Marktständen hängen.

Pierre schielt zu Sophie: Große Schweißränder färben ihre Bluse unter den Achseln, ihre gerunzelte Stirn verheißt nichts Gutes. Sie weicht seinem Blick aus. Wortlos irren sie durch die Gassen. Ein farbenprächtiges Labyrinth, das sie schließlich auf den Gemüsemarkt führt.

Wie durch einen Nebelschleier nimmt Pierre die Vielfalt der Farben wahr, sieht die Karren und Käfige, einen Mann, der seinen Esel belädt. Eine verschleierte Frau ruft ihm etwas zu. Sophie bleibt inmitten der Paprikaschoten und Zucchini stehen und zündet sich eine Zigarette an. Ein Kind hockt am Boden und isst Erdnüsse, die sicher in der Nähe gewachsen sind.

Sophie ist wie gelähmt, ihr fällt kein halbwegs sinnvoller Satzanfang ein. Pierre, dessen Herz rast, wagt nicht mehr, sie zu drängen. Bald wird sich das Messer in seine Brust bohren.

Eine Frau kommt mit einer Art gelbem Rugbyball auf sie zu, den sie vor ihren Gesichtern schwenkt:

»Batikh laryache!«

Die beiden Leidensgefährten sehen sich ratlos an. Sophie ist geradezu dankbar, ihrer unliebsamen Pflicht zu entkommen und fragt:

»Was ist das?«

»Eine Larache-Melone! Sehr gut, süß, nicht teuer!«

»Na gut. Wie viel?«

»Ich schenke sie Ihnen!«

»Wirklich?«

»Ja, fünf Dirham, das ist nichts!«

»Ach so. Okay.«

Pierre bezahlt und dankt der Verkäuferin.

»Choukrane«, antwortet sie im Weggehen.

Beladen mit einer Melone, die er gar nicht wollte, gleitet er

[redacted]

wie ein Schlafwandler durch eine Gasse mit weißgekalkten Häusern, deren Türen und Fenster kobaltblau gerahmt sind. Sophie folgt ihm rauchend.

Er weiß nicht, wo sie sich befinden, vielleicht laufen sie im Kreis. Eine Treppe führt hoch zu einem großen Aussichtsplateau über der alten Festung und dem Ozean.

Auf dem höchsten Punkt dieser Stadt, die von verschiedenen Eroberern auf einem Felsen erbaut wurde, nimmt Sophie ihren Mut zusammen, um Pierre die Wahrheit zu enthüllen. Aber zuerst solle er seine Melone ablegen.

»Nein, nein, geht schon, sie beruhigt mich. Wenn ich sie so an mich drücke, fühlt es sich ein bisschen an wie Manon als Baby.«

Aus dem Konzept gebracht betrachtet sie eine Möwe auf der Balustrade.

»Komm schon, Sophie, wir werden hier doch nicht den ganzen Tag verbringen. Was hast du mir zu sagen?«

Sie beginnt ihre Beichte mit einer Frage, um den Schock etwas zu mildern.

»Was glaubst du, warum Anaïs weggegangen ist?«

»Keine Ahnung! Sie brauchte einen Tapetenwechsel, musste nachdenken … sie fühlte sich in der Wohnung eingesperrt.«

»Na ja, das spielte alles eine Rolle. Aber nicht nur.«

»Spielen wir Rätselraten?«, fragt er ungeduldig.

»Das ist nicht so einfach! Ich wär froh, wenn du allein drauf kommst.«

Worauf soll er kommen? Pierre wirft ihr einen entsetzten Blick zu. Sein Mund steht offen, Schwindel packt ihn. Nein, das ist unmöglich. Mit einer heftigen Kopfbewegung verjagt er das diabolische Bilderballett, das sein Gehirn bestürmt.

»Sag mal, willst du mir etwa beibringen, dass sie mit einem Anderen weg ist?«

Bei diesem Wort lacht er höhnisch auf, ein Anderer, Schwachsinn. Jetzt dreht sie wohl völlig durch. Und außerdem, wieso sollte sie mehr wissen als er?

»Na gut, also, ja, genau das.«

Ein wuchtiger Kloben knallt Sophie auf die Füße und lässt sie aufschreien. Pierre hat vor Überraschung seine Melone fallen lassen. Mit der Frucht gleitet ihm sein Leben aus den Händen und rollt, rollt die Küstenstraße entlang, ohne dass jemand daran denkt, es festzuhalten.

»Du bist eine … Das ist doch krank, es ist widerlich, so was zu erzählen! Du weißt überhaupt nichts von meiner Frau, ich habe mit ihr zusammengelebt, nicht du, ich hätte es gemerkt, wenn sie einen Anderen gehabt hätte, so was merkt man, so was sieht man wie die Nase im Gesicht, wie kannst du dir nur so was ausdenken?«

»Pierre, glaub mir, ich finde es genauso schlimm wie du, aber es ist wahr.«

Er weicht zurück. Nein! Das kann nicht sein! Ein Klagelaut seiner verletzten Seele verliert sich im Geschrei der Möwen und dem Rauschen des Meeres, während Sophie Entschuldigungen stammelt, als wäre sie für ihre Schwester verantwortlich. Sie leidet fast ebenso wie er. Der strahlend blaue Himmel, der sich immer noch nicht für die Dramen ihres Lebens interessiert, die Festungsruinen, die Abfälle am Strand, alles dreht sich vor ihren Augen, während ihre Migräne aufflammt.

Plötzlich rennt Pierre durch die Medina davon. Sophie folgt ihm, hat ihn aber bald aus den Augen verloren.

Er rennt, bis er außer Atem ist. Jeder Schritt soll ihn von dieser unerträglichen Wahrheit entfernen, sein zerrissenes Herz ermüden, ihn ins Meer schleudern, damit er dort versinkt.

Orientierungslos landet er auf einem muslimischen Friedhof. Schafe weiden zwischen den Gräbern, er sieht sie nicht. Dahinter ein zweiter Friedhof, ein katholischer. Weiße Grabsteine. Die Kreuze richten sich vor ihm auf wie ein böses Omen. Was würde Anaïs davon halten, sie, die überall Zeichen sah? Wie würde sie dieses deuten?

Inmitten der Toten, mit den Kräften am Ende, bricht er zusammen, landet mit dem Gesicht im Staub. Der ideale Ort, um seine Träume eines romantischen Wiedersehens zu begraben. So ein Idiot, er war so ein Idiot, dass er daran geglaubt hat. Warum hat er nichts gemerkt?

Er dreht sich auf den Rücken. Sonne und Tränen zwingen ihn, die Augen zu schließen, stürzen ihn erneut in die Dunkelheit.

Meine Frau liebt einen Anderen.

Dabei ist sie schon so nah. Nur noch wenige Autostunden. Aber sie wartet nicht auf ihn. Sie hat nie auf ihn gewartet, gehofft, ihn gerufen. Niemals. Diese Einsicht erschüttert ihn.

Während er sich krümmt und unartikulierte Schreie ausstößt, legt sich ein Schatten über sein verzerrtes Gesicht, und eine Baritonstimme dringt ganz langsam in seinen betäubten Geist.

31

Pierre öffnet überrascht die Augen. Er wähnte sich allein, glaubte sich an einem verlassenen Ort. Kann man ihn nicht wenigstens in diesem Moment absoluter Verzweiflung in Ruhe lassen?

Als er Anatole erkennt, ist er ein klein wenig erleichtert.

»Ach, Sie sind's.«

»Ja.«

»Was machen Sie hier, haben Sie mich etwa verfolgt?«

»Nein. Auf diesem spanischen Friedhof ist das Grab eines französischen Schriftstellers, Jean Genet. Er ist 1986 gestorben.«

Pierre murmelt eine unverständliche Antwort.

Er schleppt sich bis zu einem Grabstein und zieht sich daran hoch. Eine Eidechse flitzt davon. Er wischt sein tränenüberströmtes Gesicht mit dem schmutzigen Ärmel ab.

»Sie sehen aus, als kämen Sie aus dem Stollen.«

»Wenn's weiter nichts wär.«

Pierre legt die Hand vor die Augen. Er starrt auf seine Handfläche, dann spreizt er die Finger und drückt sie wieder aneinander, lässt in dem Spalt ein Grab auftauchen und verschwinden. Hand, Grab, Hand, Grab, Hand, Grab. Anatole weiß nicht, was er sagen soll. Dieser staubbedeckte Mann mit dem schmutzigen Gesicht, der durch seine Finger die Gräber betrachtet, scheint geradewegs aus einem Irrenhaus entwichen zu sein.

Kraftlos lässt Pierre den Arm auf die Schenkel zurückfallen.

»Wussten Sie auch Bescheid, wegen Anaïs?«

»Nun ja, ein bisschen, ja.«

»Ich bin wirklich der letzte Idiot.«

»Sagen Sie das nicht.«

»Ich bin einem Hirngespinst hinterhergerannt. Ihr wusstet es beide.«

»Sophie musste das Geheimnis wahren.«

»Ja. Ich nehme an, es ist nicht so einfach, dem Verrückten, der seinen Koffer packt und vor Freude jubelt, ins Gesicht zu schreien: Vergiss es, deine Frau hat einen Liebhaber.«

Verlegenes Schweigen.

Dann fragt Anatole, was er jetzt vorhabe.

Pierre hebt einen Stein auf und wirft ihn, so weit er kann: Er landet einen Meter vor seinen Füßen.

»Mit meiner Tochter nach Hause fahren. Vergessen.«

»Das … das ist sicher vernünftig.«

»Aber vorher schlage ich dem Arschloch, das mir die Frau weggenommen hat, die Fresse ein.«

»Das halte ich für keine gute Idee. Auch wenn ich zugebe, dass mir der gleiche Gedanke gekommen ist.«

Pierre lacht freudlos. So schlaff und frustriert, wie er ist, wird er nach Nantes zurückkehren und so tun, als wenn nichts gewesen wäre, sein Leben da fortsetzen, wo er es unterbrochen hat. Ein trostloses Leben, in dem es keine Frau mehr geben wird. Nie wieder wird er jemandem sein Vertrauen schenken.

Anatole blickt ihn traurig an. Er sieht sich selbst in seiner Jugend, in der gleichen Verfassung, wenn die Frau seines Lebens ihn verließ; bis die nächste kam. Er versucht Pierre zu beruhigen: Ein Neuanfang ist möglich. Wie oft hatte er geglaubt, nie mehr glücklich zu werden. Und dann retteten ihn neue Begegnungen – und die Literatur – und gaben ihm neue Hoffnung.

Pierre schnieft.

»Genau. Und wie stehen Sie heute da? Was haben sie gebracht, die ganzen tollen Begegnungen?«

»Letztendlich nicht viel.«

»Na dann, vielen Dank für Ihre guten Ratschläge.«

Pierre schleudert einen zweiten Stein von sich, diesmal mit mehr Kraft. Er prallt gegen einen Grabstein und landet wie ein Bumerang vor seinen Füßen.

Anatole lässt sich nicht entmutigen, er möchte Pierre, den er inzwischen ganz gern mag, irgendwie trösten. Er spürt seine Sensibilität und die bedingungslose Liebe zu seiner Frau. Es tut weh, ihn so zu sehen, am Boden zerstört und ohne Würde. Deshalb redet er weiter auf ihn ein, auch wenn ihm klar ist, dass er nicht der geeignete Mann ist, um ihn aufzurichten. Er hat zu viele Enttäuschungen erlebt. Im Unterschied zu Pierre war er zu verletzt, um noch etwas Neues aufzubauen. Aber bei Pierre ist es anders: Er wird wieder auf die Beine kommen.

Pierre stößt einen tiefen Seufzer aus.

»Sie scheinen eine Kleinigkeit zu vergessen.«

»Was denn?«

»Ich liebe Anaïs noch.«

Er lässt den Kopf auf die Knie sinken.

In der Tiefe seines Kummers, am Ende eines Momentes, der ebenso gut Sekunden wie Tage gedauert haben könnte, spürt er, dass die teilnahmsvollen Augen immer noch auf ihm ruhen. Er dreht sich zu Anatole um. Beim Anblick des gebeugten Rückens, der schwachen Beine und des vor Sorge verzogenen Gesichts empfindet Pierre plötzlich Dankbarkeit für den Alten, der sich um seine Tochter gekümmert hat, als er selbst nicht dazu in der Lage war, der sie nun auf dieser langen Reise begleitet und seinen eigenen Schmerz unterdrückt hat.

Da wird ihm bewusst, wie wenig Mumm er hat.

Während er mühsam aufsteht und dabei eine Eidechse verjagt, taucht am Friedhofseingang eine kleine Gestalt auf und schreit unverständliche Worte: aufgeregte, von Schluchzen unterbrochene Worte. Was jauchzt sie da? Dann glaubt er es zu verstehen und traut seinen Ohren kaum. Das ist doch unmöglich!

»Papa, Papa, Mama kommt her!«

Pierre, ein Golem mit einem Herz aus Lehm, sieht seine Tochter fassungslos auf sich zurennen.

»Wie? Anaïs kommt her? Jetzt verstehe ich gar nichts mehr.«

Manon wirft sich in seine Arme, ihre Wangen sind knallrot, die Augen strahlen.

»Ja! Großmama hat es Sophie am Telefon gesagt. Mama hat sie heute früh angerufen, zum ersten Mal, seit sie weggegangen ist, sie konnte es gar nicht fassen, als sie gehört hat, dass wir in Marokko sind!«

»Und wie hat sie reagiert? War sie wütend auf uns?«

»Nein, sie hat irgendwas davon gesagt, dass das ein Zeichen ist und dass sie uns entgegenkommt.«

Sophie hat Manon eingeholt, auf ihrem Gesicht hat sich ein Lächeln ausgebreitet, wie Pierre es noch nie bei ihr gesehen hat. Er kann es immer noch nicht glauben!

»Stimmt das Sophie? Sie kommt her?«

»Ja, sie ist kurz vor Mittag losgefahren. Sie hat noch zwanzig Kilometer vor sich, es dauert nicht mehr lange.«

»Aber woher weißt du denn das?«

»Sie hat mir eine SMS geschickt. Die erste seit Januar.«

»Das ist doch verrückt! Wusste sie, dass wir kommen? Hat es ihr jemand gesagt?«

»Es war Zufall, dass sie endlich mal unsere Mutter angerufen hat, just, als wir in Marokko angekommen sind. Manon ist überzeugt, dass sie unsere Anwesenheit gespürt hat.«

Pierre sieht auf die Uhr. Es ist fünf. Er wühlt in seinen Hosentaschen. Kein Handy. Vielleicht hat sie ihm ja auch geschrieben? Es muss im Auto liegen. Vielleicht hat es jemand geklaut? Er weiß nicht mal, ob er die Türen verriegelt hat. Er zuckt mit den Schultern. Das spielt jetzt keine Rolle mehr.

Anaïs kommt her; sein Körper scheint über dem Boden zu schweben, eine unglaubliche Nachricht.

Sophie merkt, wie überfordert er ist, und übernimmt das Kommando. Erst mal müssen sie diesen Friedhof verlassen.

»Anatole, haben Sie das Grab Ihres Schriftstellers gefunden?«

»Hier ist es.«

Der Alte beugt sich zehn Meter weiter über einen grob behauenen Stein. Darin ist eine Marmorplatte eingelassen, auf der nur ein Name, Jean Genet, und die Lebensdaten stehen. Sophie fällt auf, dass es das einzige Grab ist, an dem kein schwarzes Kreuz befestigt wurde. Es ist sehr schlicht: Gras und Feldblumen, eine weiße Einfassung.

»Ein eigentümlicher Ort«, sagt Sophie und geht einmal herum.

»Ja. Begraben zwischen einem Gefängnis, einem früheren Bordell und dem Ozean, das passt zu diesem gequälten Schriftsteller, der allein in einem kleinen Hotelzimmer in Paris gestorben ist. Er liebte diese gänzlich untouristische Stadt. Ich bewundere ihn, er war ein Perfektionist des Wortes, ein ewig Unzufriedener, er sagte, er tue alles dafür, dass jeder Satz geschliffen sei wie ein Diamant. Seine Werke sind schön, aber brutal, seine zwielichtigen Figuren bewegen sich in finsteren Welten.«

»Ziemlich düster.«

»Er wurde mehrfach zensiert, seine Schriften galten als pornographisch.«

»Sie lesen ja schöne Sachen! Aber schließlich haben Sie auch das Recht auf ein bisschen Spaß, was?«

Anatole blitzt sie empört an.

»Cocteau und Sartre hielten ihn für ein Genie.«

»Na, wenn das so ist!«

Anatole vergewissert sich, dass Manon ein Stück entfernt bei ihrem Vater steht, dann zitiert er, den Blick aufs Meer gerichtet:

»*Ich schreite langsam aber kräftig aus. Ich glaube es ist Nacht. Die Landschaften, die ich entdecke, die Häuser mit den Reklameschildern, den Plakaten, die Schaufenster, in denen ich als Souverän vorüberziehe, sind aus demselben Stoff wie die Personen dieses Buches, wie die Visionen, die ich entdecke, wenn mein Mund und meine Zunge in den Haaren eines Bronzeauges beschäftigt sind, und in denen ich die Vorliebe meiner Kinderzeit für Tunnelgänge wiederzuerkennen glaube. Ich ficke die Welt in den Arsch.*« Sophie hatte so wenig mit dieser Pointe gerechnet – erst recht nicht von dem Alten, der sie nun verstohlen beobachtet –, dass sie erst einmal regungslos und mit aufgerissenen Augen dasteht, ehe sie einen bewundernden Pfiff ausstößt.

»Jetzt haben Sie mich aber voll erwischt! Dieser Jean Genet war wirklich ein komischer Kauz.«

Nun sieht sie das überwucherte weiße Grab mit anderen Augen.

»Er hat den Blick aufs Meer. Hier liegt er gut.«

»Ich weiß nicht, ob er das auch behaupten würde, aber dieser Ort ist wirklich angenehm, wenn man von dem brennenden Müll da drüben absieht.«

Sophie dreht sich um und sieht zwei verschleierte Frauen an einem rauchenden Haufen stehen, der einen widerlichen Gestank verbreitet.

Manon kommt mit entschlossener Miene zu ihnen und zieht Pierre an seiner feuchten Hand hinter sich her.

»Gehen wir!«

»Du wirst deinem Vater immer ähnlicher, pass bloß auf«, scherzt Sophie.

»Wo treffen wir uns eigentlich?«, fragt Pierre. »Darf ich ihre Nachricht lesen?«

Sophie wischt mit dem Finger über das Display, dann streckt sie ihrem Schwager das Handy hin. Er starrt darauf, als wäre es ein Juwel. Allein schon der Vorname seiner Frau unter der Nachricht bringt sein Blut in Wallung.

»Würde es dir etwas ausmachen, dein Gesicht ein bisschen zu waschen, Pierre? Du siehst aus, als hättest du dich auf dem Boden gewälzt.«

Anatole lächelt zustimmend, und Manon reicht ihrem Vater eine Wasserflasche und Papiertaschentücher.

Sie fragt mit besorgter Stimme:

»Und wenn sie wieder wegfährt? Ich will nicht, dass sie uns noch mal verlässt!«

»Ich kann dir nichts versprechen, mein Liebes. Ich weiß genauso wenig wie du.«

Pierre reinigt sich das Gesicht, befreit sein T-Shirt von den Staubresten, kämmt sich mit den Fingern.

Sophie sieht ihn voller Zuneigung an.

»Das ist schon viel besser.«

Dann schreibt sie Anaïs, dass sie durch die Medina zu der kleinen Moschee gehen, vor der das Auto steht.

Schweigend machen sich die vier auf den Rückweg. Ihre Gedanken überschlagen sich, alles um sie herum, die Gassen mit den lapislazuliblauen Fensterläden, das funkelnde Meer, das Wiedersehen, kommt ihnen so unwirklich vor.

Hat sie sich sehr verändert? Was wird sie sagen? Sie sind eingeschüchtert und ängstlich. Die Macht dieser Frau ist grenzenlos: Ein Wort aus ihrem Mund kann Pierres und Manons Lebensglück auf der Stelle zerschlagen.

32

Über der Medina liegt sanftes Abendlicht. Mit den bunten, in den Himmel ragenden Minaretten, den Tajineschalen aus Ton, den handgemalten Aschenbechern, den Torbögen, dem Duft des Minztees, den Bergen von Gewürzen, den Männern und Frauen in Djellaba und den lachenden Kindern, die beladene Esel hinter sich her zerren, gleicht der Markt dem Vorhof zum Paradies.

Als sie in eine enge Gasse biegen, erstarrt Manon einen Moment.

Die Zeit bleibt stehen.

Ein erstickter Schrei, dann rennt sie los, rennt, fliegt eher, lässt die anderen hinter sich zurück, die nicht zu begreifen wagen. Zwei Katzen werden von Manons klappernden Sandalen aus dem Schlaf gerissen, dann legen sie die Köpfe wieder auf die Vorderpfoten.

Nun sieht auch Pierre fünfzig Meter vor ihnen zwischen den blauweißen Hauswänden eine Frau in einem langen hellen Kleid. Ihr Haar wallt goldbraun über ihre Schultern, was für ein Kontrast zu den schwarzen Schöpfen um sie herum! Sie hebt die Hand und deutet ein Lächeln an, man errät es mehr, als dass man es sieht, dieses Lächeln, auf diese Entfernung.

Sie bewegt sich nicht, steht still.

Ein langgezogener Kinderschrei hallt durch die Gasse: »Mama!«

Manon wirft sich in ihre Arme. Anaïs sieht ihre Tochter an: ihr kleines Gesicht, ihre Sommersprossen, die blauen Augen, die das Geheimnis der Seele zu durchdringen scheinen. Das ist immer noch ihre Tochter, aber etwas ist anders, hinter dem glücklichen Strahlen ist eine neue Ernsthaftigkeit zu spüren. Sie streicht ihr über die Stirn, schiebt zärtlich ihre Haare hinter die Ohren. Manon schließt die Augen und lächelt selig.

»Mein Liebes, ich bin so froh, dich zu sehen.«

»Mama, jetzt verlässt du uns nicht mehr, nein?«

»Aber … du trägst ja mein Tuch!«

»Ich habe es nicht abgemacht, seit du weg bist.«

Anaïs verschlägt es den Atem. Dieses Stück Stoff verrät ihr mehr, als ihr lieb ist: die Sehnsucht, den Kummer, die Einsamkeit, das Warten. Ihr schlechtes Gewissen wächst ins Unermessliche.

»Mein Herz, du hast mir auch gefehlt.«

»Hast du gesehen, hier sind bunte Türen mit Nägeln, wie in dem Reiseführer, hast du so eine Tür auch bei dir in Essiraoua, mit einer eisernen Hand drauf?«

Anaïs lächelt zärtlich.

»Essaouira. Nein, meine ist einfacher, aus Holz und oben rund. So toll verziert sind nur die Türen der Riads und der Moscheen.«

»Guten Tag.«

Pierre ist herangekommen, er hat die Arme verschränkt, um das Zittern seiner Hände und seine schwarzen Fingernägel zu verbergen.

Anaïs richtet sich etwas mühsam auf, denn Manon klammert sich an sie wie ein Pandakind an seine Mutter, die Beine umschlingen ihre Hüften, der Kopf liegt an ihrer Brust. Sie saugt ihren Duft ein, fesselt sie, hält sie mit aller Kraft fest.

Pierre beugt sich zu seiner schwankenden Frau vor und küsst sie auf die Wange. Anaïs errötet und murmelt einen Gruß.

Der Klang ihrer Stimme beschleunigt Pierres Puls noch mehr, obwohl die Adern schon zu platzen drohen. Aber er will unbedingt vermeiden, dass sich das Schweigen zwischen ihnen ausbreitet.

»Wir haben nicht damit gerechnet, dich so früh zu treffen, wir kommen gerade vom Friedhof, wegen Anatole, er wollte ein Grab sehen, von einem Schriftsteller, glaube ich, ich fasse es nicht, wir dachten, wir würden in Essaouira herumsuchen,

Nachforschungen anstellen, ich hatte schon überlegt, ob wir kehrtmachen, und jetzt tauchst du hier auf, einfach so, das geht alles so schnell …«

Pierre redet, ohne Luft zu holen, und stottert auch ein bisschen.

»Wir haben die Stadt besichtigt, es ist schön hier, das ganze Blau und dieser Name, Larache, als wenn uns zum Lachen wär!«

Anaïs lacht tatsächlich, und Pierre ist ganz benommen vor Liebe: Ihr Grübchen am Kinn hatte er fast vergessen; und ihre hohe Stirn, die Augen, die Sommersprossen, ihre Bräune, die sie noch schöner macht, ihre wohlgeformte Nase, ein Feengesicht, ihre aufrechte Haltung, sie ist noch bezaubernder als vorher, das kann doch nicht sein. Er unterbricht seinen Wortschwall und sieht Manon an. Auf keinen Fall will er vor seiner Frau weinen. Trotzdem fließt eine Träne. Nichts hat ihn je so bewegt wie der Verlust seiner Frau und dieses unerwartete Wiedersehen. Warum sollte er also wieder seine Emotionen in sich begraben und den Tapferen spielen? Und spätestens jetzt entdeckt auch Anaïs, dass die Prüfungen des Lebens ihn durchaus erschüttern, dass er nicht der gefühllose Felsen ist, unberührt vom Verlust seiner ungeborenen Kinder, gleichgültig für den Kummer seiner Frau und ihr Fortgehen.

Anaïs streckt ihm die Hand hin, die er sogleich festhält. Mit ernster Miene sieht sie ihn an.

»Ich glaube, wir müssen miteinander reden.«

Er nickt.

»Ja, es wäre wohl Zeit.«

Sophie kann nicht mehr länger warten, sie folgt Pierre mit eiligem Schritt. Ganz fest legt sie die Arme um ihre Schwester und drückt sie an sich, hebt sie beinahe hoch, verdrängt das kleine, an seine Mutter geklammerte Äffchen, das vor Verzweiflung quiekt.

»Anaïs! Ich weiß nicht, ob ich dich umarmen oder verprügeln soll. Anatole würde mir sicher zu Letzterem raten. Geht's dir gut?«

»Es tut mir so leid, Sophie. Ich wollte euch nicht wehtun, ich habe selbst nicht alles begriffen. Das entschuldigt nichts, aber ja, es geht, es geht besser. Und dir?«

»Ich hab meinen Kippenverbrauch verdreifacht, seit du weg bist, aber ansonsten geht's.«

Anaïs nimmt ihre Schwester bei der Hand und zieht sie in den Schatten einer Hauswand, ein paar Meter weg von Pierre und Manon, nachdem sie ihnen zugeflüstert hat, dass sie gleich wieder da sei. Sie folgen ihr fassungslos mit den Augen; sie würden sie so gern begleiten und hören, was sie zu sagen hat. Sie ertragen keine weitere Trennung mehr.

Anaïs ist unwohl, sie gesteht Sophie ihre Ängste. Sie hat so ein schlechtes Gewissen! Wie soll sie das alles Pierre erklären? Und vor allem will sie wissen, wie die beiden auf ihre Abwesenheit reagiert haben.

Sophie seufzt. Dieses Gespräch ist fast so schwierig wie das mit Pierre, an das sie ihr schmerzender Fuß erinnert.

»Ich würde dir die Wahrheit gern ersparen, aber ich habe keine Lust mehr zu lügen. Du wirst mich sowieso gleich umbringen, aber gut, ich heb mir das Beste für den Schluss auf. Es war sehr schlimm für die beiden, fast so, als hätten sie aufgehört zu leben. Pierre hat nicht mehr gearbeitet. Er wusch sich nicht mehr, saß den ganzen Tag vor dem Fernseher, trank Bier und wartete auf eine Nachricht von dir. Er stank wie ein Schwein, das war widerlich. Und Manon hat jede Hilfe von mir abgelehnt, sie hat mich für dein Weggehen verantwortlich gemacht. Ich sah sie oft unter dem Baum im Garten sitzen und lesen oder an dich denken, sie war so einsam, dass sie angefangen hat, mit Katzen und Ameisen zu sprechen. In den letzten Wochen hat Anatole ihr sehr geholfen, er war wunderbar, das ist der alte Herr da neben ihr, er begleitet uns. Er war früher

Französischlehrer. Seit einem Monat geht sie jeden Tag nach der Schule zum Essen zu ihm, und er liest ihr Geschichten vor. Ich kann dir versichern, dass es ihr da besser ging als bei Pierre. Wenn es irgendjemanden gibt, dem du danken musst, dann ihm.«

Anaïs verbirgt das Gesicht in den Händen. Ihre Tochter, die wegen ihr leidet, Pierre, der sich aufgegeben hat, das ist zu viel für sie. Sophie streichelt ihren Arm.

»Du hast dir doch sicher gedacht, dass du mit deinem Weggehen einiges Porzellan zerschlägst. Oder hast du dir vorgestellt, dass sie einfach so weiterleben würden, als wenn nichts wär?«

»Nein, natürlich nicht, wobei, ich weiß nicht, doch, um meine Affäre mit Patrick zu genießen, habe ich eure Sorge verdrängt. Ich musste sie vergessen, musste alles vergessen. Ich habe es nicht einmal geschafft, euch zu schreiben. Ich weiß, dass ich vollkommen egoistisch war.«

Sophie versucht sie zu beruhigen. Schließlich sind sie nicht gekommen, um sie für ihr Weggehen zu beschimpfen, sondern um ihr zu sagen, dass sie sie lieben, dass sie sie vermissen und um sich zu überzeugen, dass es ihr gut geht.

»Ich glaube, Pierre und Manon erwarten mehr als das.«

»Bestimmt.«

»Und warum soll ich dich umbringen?«

»Wie? Ach so, ja. Ich habe dein Geheimnis bis heute bewahrt, Patrick, die Leidenschaft, der Körper, der wieder vibriert und so weiter.«

Anaïs seufzt erleichtert. Es ist besser, wenn Pierre nicht erfährt, was sie ihr geschrieben hat, wenigstens vorerst.

»Warte, ich bin noch nicht fertig. Als wir heute früh nach Marokko kamen, ist mir klargeworden, dass ich nicht mehr schweigen kann. Pierre war so glücklich, dich wiederzusehen. In Essaouira wäre Pierre womöglich auf Patrick gestoßen, es wäre grausam gewesen, ihn weiter in seinen Illusionen schwelgen zu lassen. Er musste Bescheid wissen und dann entscheiden, ob er die Reise fortsetzt oder nicht.«

Anaïs gibt zu, dass Sophie recht hat. Er hätte Patrick durchaus über den Weg laufen können. Um das zu vermeiden, ist sie ihnen auch entgegengefahren.

Sie wischt ihre feuchten Wangen ab und geht zu Pierre zurück.

Ein alter Mann hält Manon an der Hand, er wirft einen strengen Blick auf Anaïs. Es ist der prüfende Blick eines Weisen, der sie als schlechte Mutter verurteilt.

Trotz der Verlegenheit schaut sie ihn freundlich an.

»Guten Tag. Sie sind also Anatole?«

»Höchstpersönlich. Vermutlich sind Sie Anaïs?«

»Ja. Haben Sie gemerkt, unsere Vornamen beginnen mit den gleichen drei Buchstaben.«

»O ja, das ist lustig!«, ruft Manon. Sie ist begeistert, wieder eine der kleinen, etwas verschrobenen Bemerkungen ihrer Mutter zu vernehmen.

»So«, antwortet er.

»Danke. Wegen Manon.«

»Danken Sie mir nicht. Die Begegnung mit ihrer Tochter gehört zum Schönsten, was mir je passiert ist.«

»Sie hat Sie offenbar auch sehr gern.«

»Vor allem hat sie Sie sehr gern. Aber das wissen Sie sicher besser als ich.«

Anaïs steckt den Hieb ein.

»Mama, Anatole ist mein Pilot, er hat mich in der Wüste gefunden, wie den Kleinen Prinzen, eigentlich war ich nur im Garten, aber das ist dasselbe, es wäre so toll, wenn er mein Großvater wäre, geht das?«

»Stimmt, Anatole sieht wie ein Pilot aus, vor allem mit diesem weißen Schesch um den Hals, und wenn ich es mir recht überlege, könnte man sagen, Antoine de Saint-Exupéry, nur ein bisschen älter.«

Anatole deutet ein Lächeln an. Nichts könnte ihm größere Freude bereiten als dieser Vergleich. Schon überwindet Anaïs mit ihrer Unbefangenheit und Sanftheit seinen Groll. Er hatte eine harte, kalte, egozentrische Frau erwartet, stattdessen trifft er eine zärtliche Mutter, die ihn voller Dankbarkeit ansieht. Aber trotzdem hat sie ihre Tochter verlassen. Was ist nur in sie gefahren?

»Lebt der Mann noch, der die Geschichte geschrieben hat, der Pilot, meine ich?«, fragt Manon.

»Nein, sein Flugzeug ist ins Meer gestürzt. Das ist schon lange her, 1944, fast am Ende des Kriegs. Am Vorabend hatte er seinem Freund Pierre geschrieben: ›*Sollte ich abgeschossen werden, werde ich rein gar nichts bedauern. Vor dem künftigen Termitenhaufen graust mir. Und ich hasse ihre Robotertugend. Ich war dazu geschaffen, Gärtner zu sein.*‹«

»Das ist wunderschön«, flüstert Anaïs.

»Er ist also in echt in der Tiefsee und wird von den Seegurken und Drachenfischen gefressen?«, ruft Manon aufgeregt.

Anatole sieht sie überrascht an *Er … in echt*? Hat sie sich in ihrem kleinen, gequälten Kopf etwa vorgestellt, dass ihre Mutter von der Tiefe verschlungen worden sei? Dass sie sich … das Leben genommen hätte?

Er wirft Anaïs einen verlegenen Blick zu, sie aber ist ganz begeistert:

»Was du alles weißt!«

»Ja, das hat mir Anatole erklärt. Es ist traurig. Der Kleine Prinz ist auf seinem Planeten, ganz oben, und sein Freund der Pilot in der Tiefe der Meere. Sie sind so weit voneinander weg.«

Anatole, der sich ein bisschen von Manon entfernt hatte, als hätte er im Beisein der Mutter nicht mehr das Recht auf ihre Nähe, greift wieder nach ihrer Hand.

»Mach dir keine Sorgen. Sie waren sich noch nie so nah.«

Sie folgen dem Vorschlag von Anaïs: Sie möchte ans Meer, um zu reden. Auf dem Weg zum Hafen zeigt sie ihnen ein Minarett in Pastellblau und Weiß, das direkt aus *Tausendundeine Nacht* zu stammen scheint, und verteilt marokkanisches Gebäck an die ausgehungerte Truppe. Mandelhörnchen, Schlangen aus Nüssen, Zimt und Orangenblüten, Kuchen aus Honig, Pistazien und Erdnüssen sind in wenigen Minuten verzehrt. Manon ist begeistert von den schweren und süßen orientalischen Backwaren. Am Ende leckt sie genüsslich jeden einzelnen ihrer klebrigen Finger ab. Pierre schlingt drei Stück im Ganzen runter. Der Zuckerschub rückt ihm die Gedanken zurecht und gibt ihm etwas Kraft für die gefürchtete Aussprache.

Über steile, gewundene Gassen gelangen sie zum Ozean. Sophie stützt Anatole. Er ist erschöpft, und sein Rücken beginnt wieder höllisch zu schmerzen. Manon umklammert die Hand ihrer Mutter, zwischendurch lässt sie sie ein wenig los, um ihre Handfläche, die Haut, den Daumen zu spüren, sich ihrer Anwesenheit zu versichern, ihr die Möglichkeit zu geben, sich zu entziehen, um zu überprüfen, dass sie aus freien Stücken bleibt.

Pierre folgt ihnen, fasziniert von Anaïs' schwebendem Gang. Ihr goldbraunes Haar ist in den Monaten ihrer Abwesenheit noch heller geworden und gewachsen, es reicht jetzt bis unter die Schulterblätter. Er kann sich gar nicht abwenden von ihrem strahlenden, der Tochter zugewandten Profil.

Als sein Blick am anmutigen Wiegen ihrer Hüften hängenbleibt, packt ihn plötzlich heftige Eifersucht: Ein Anderer hat sie gestreichelt, umarmt, geküsst, und sie hat es genossen. Dieser Gedanke ist unerträglich, deshalb konzentriert er sich lieber auf das Meer, das vor ihnen auftaucht.

Um sich zu beruhigen, richtet er seine Aufmerksamkeit auf

eine Möwe, dann auf eine rote Katze an einem Fensterbrett, die bunten Türen und schließlich auf Anatole, der Mühe hat, ihnen zu folgen. Anatole. Pierre erwacht aus seiner Betäubung. Er begreift, dass der alte Mann leidet und dass Sophie Mühe hat, ihn zu stützen. Er eilt zu ihm und greift nach seinem anderen Arm, während sich Manon von ihrer Mutter löst, um ihm eine Flasche Wasser zu bringen.

Neugierig beobachtet Anaïs die Szene. Die vier bilden eine so unglaubliche Gruppe. Zwischen Sophie und Pierre hat die Chemie nie so richtig gestimmt. Den Alten hatte sie im Haus kaum bemerkt. Sie erinnert sich noch vage an einen grauhaarigen Mann, der auf dem Weg durch den Garten vor sich hin schimpfte, war sich aber zunächst nicht sicher, ob er das wirklich ist. Und heute wünscht Manon ihn sich als Großvater.

Rostige Boote, deren Farbe von Zeit und Salz zerfressen ist, empfangen sie mit klirrenden Masten. Fischer preisen ihren Fang an: Wittlinge, Schwertfische und Barsche liegen direkt auf dem Boden neben gelben Schüsseln. Auf einer Plane werden Muscheln ausgebreitet. Der Geruch von gegrillten Sardinen liegt in der Luft.

Als Manon zu einem der bunten Kutter geht, bleibt sie mit dem Fuß in einem Fischernetz hängen und stolpert.

»Pass auf!«, ruft Anaïs und stürzt zu ihr. »Bei den ganzen Netzen, die hier rumliegen, fällst du noch ins Wasser.«

»Keine Sorge, jetzt habe ich keine Lust mehr auf die Tiefsee.«

Anaïs blickt sie verblüfft an. Manon hatte schon immer etwas Geheimnisvolles.

»Hast du dir wehgetan?«

»Ein bisschen«, sagt sie und zeigt auf ihr blutendes Knie.

Anaïs holt ein Taschentuch heraus und befeuchtet es mit ein wenig Wasser. Vorsichtig tupft sie die Wunde ab, pustet und flüstert dabei banale, aber beruhigende Worte wie »Es ist gleich wieder gut, das ist nicht schlimm«. Und obwohl es ziemlich brennt, lindern die Worte und die Liebkosungen den Schmerz in Windeseile.

Die Kleine schließt die Augen, um das Gefühl von Leichtigkeit, den Kokon, der sie umhüllt, festzuhalten. Sie würde sich gern tausendmal das Knie aufschlagen, um die Fürsorge der Mutter zu genießen, ihren Honig- und Mandelatem zu riechen, ihre Küsse auf der Haut, ihr Haar an ihren Armen zu spüren, ihre Stimme wie ein Wiegenlied aus uralten Zeiten zu vernehmen.

»Tut's noch weh?«

»Geht schon wieder. Danke, Mama.«

»Weißt du, ich muss jetzt mal mit Papa reden, bleibst du hier bei Anatole und Sophie?«

»Unter einer Bedingung.«

»Nämlich?«

»Dass du mir versprichst, nicht mehr wegzugehen. Das war so schlimm ohne dich. Das war so … lang.«

Zwei Adjektive, so kurz und harmlos gemessen an dem Abgrund der Einsamkeit.

»Wir reden darüber, mein Schatz. Ich komme gleich wieder.«

Manon senkt traurig den Kopf. Anaïs hilft ihr beim Aufstehen. Sie umarmt sie ein letztes Mal und drückt einen dicken Kuss auf ihre runde Wange, während sich Manon so fest an ihren Arm klammert, dass ein roter Abdruck ihrer Hand zurückbleibt.

Dann wendet sie sich Pierre zu, der so blass ist, als wäre er seekrank. Die schaukelnden Boote, die Möwen, die schreiend ihre Ankunft begleiten, die Worte, die ihn erschüttern werden – plötzlich packt ihn das Verlangen, endlos über Friedhöfe zu rennen und sich mit ausgebreiteten Armen zwischen Gräbern auf den Boden zu werfen, ohne dass ihm jemand schlechte Nachrichten bringt.

Anaïs bemerkt den Schweiß auf seiner Stirn und den ängstlichen Blick.

Sie zieht ihn zum Fluss am Ende des Hafens, weg von ihrer Tochter und dem Tumult der Stadt.

Sie weiß nicht, wie sie anfangen soll. Auch sie hat Angst. Monatelang hat sie versucht, den Gedanken an den Schmerz zu verdrängen, den sie Pierre und Manon zufügt. Sie war zu schwach, um das Leid der anderen neben dem eigenen zu ertragen.

Und so stürzt sie sich in einen wirren Vortrag über griechische Mythologie. Pierre versteht nichts, ihre Worte werden von einem Pfeifen in seinen Ohren überdeckt, das ihm die Trommelfelle zu zerreißen droht. Das wenige, was er erfasst, ist absurd. Was redet sie denn da nach all den Monaten der Abwesenheit?

»… und dieser Fluss, der sich ins Meer ergießt, ist der Oued Loukos. Stell dir vor, in der Antike dachte man, der Garten der Hesperiden befinde sich in der Nähe von Larache. Das ist doch verrückt, oder? Das war nicht irgendein Garten, das war ein Mythos, ein fantastischer Obsthain, bewohnt von Nymphen, die mithilfe des Drachens Ladon über die goldenen Äpfel wachen sollten. Hier! In Larache! Herkules hat den Drachen bezwungen und die kostbaren Früchte gepflückt. Der Oued Loukos ist dem Mythos nach dieser Drachen, der sich durch die Ebenen windet, und die goldenen Äpfel sind die Orangen der Region.«

Sie hält inne und wartet auf seine Reaktion. Pierre sieht sie ratlos an.

»Äh ja, das ist interessant. Anatole würde das gefallen, du musst ihm deine Geschichte nachher erzählen.«

Etwas enttäuscht von Pierres verhaltenem Ton sagt sie:

»Dieser Anatole macht einen netten Eindruck. Ich glaube, er mag mich nicht besonders, aber …«

»Das einzige Bild, das er von dir hat, ist geprägt von Manons Kummer und ihrer Einsamkeit nach deinem Verschwinden.«

»Bitte, mach mir keine Vorwürfe.«

»Nein, aber dann erklär mir, warum du einfach so eines schönen Morgens abgehauen bist, ohne etwas zu sagen. Hast du uns denn gar nicht mehr ertragen, dass du von einem Tag auf den anderen alles hingeschmissen hast? Warum konnten wir nicht vorher miteinander reden? Ach ja, da war dieser Kerl! Warum, warum hast du nicht, wir hätten doch …«

Seine Stimme bricht. Die letzten Worte bleiben ihm in der Kehle stecken.

Anaïs sieht ihn mitfühlend an. Wie sehr sie ihm wehgetan hat! Wo er doch immer da war, nicht so, wie sie es erwartete, aber an ihrer Seite, ob sie nun glücklich oder unglücklich war. Sie holt tief Luft und beginnt:

»Es ist nicht eure Schuld. Mich hat einfach gar nichts mehr interessiert, nicht mal Manon. Und ich war ständig müde. Ich habe nur gewartet, dass die Tage vergehen, einer wie der andere. Manchmal bedauerte ich, so jung zu sein, der Tunnel kam mir endlos vor und ohne Licht …«

»Wolltest du … sterben?«

»Nein … Ich musste einfach nur etwas anderes erleben.«

»Und dieses andere war ein Liebhaber?«

Anaïs zuckt zusammen und verliert für einen Moment den Faden.

Dann erzählt sie ihm stammelnd von ihrer Begegnung. Sie spürt, dass er es wissen muss.

Als Patrick sie einen Monat vor Weihnachten in der Buchhandlung ansprach, war sie sofort begeistert. Sie mochten dieselben Autoren und wurden schnell vertraut miteinander. Pierre ertrug es nicht mehr, dass sie von den ungeborenen Kindern sprach, was ihren Schmerz und ihre Einsamkeit noch verschlimmerte. Patrick dagegen ließ die begehrenswerte, interessante Frau auferstehen, die noch träumen konnte. Bald entbrannte sie in Leidenschaft. Bei diesem Wort wirft sie Pierre einen verlegenen Blick zu: Wird er verstehen, dass man in dieser Situation die Kontrolle über sich verliert?

Anaïs lebte nur noch dafür, ihn wiederzusehen. Sie war wie besessen: Die Wirklichkeit existierte nicht mehr. Die Mutter und die Ehefrau hatten sich in Luft aufgelöst, sie war nur noch Verführerin und Geliebte. Aber sie hatte wenigstens wieder ein Ziel gefunden. Sie hatte wieder Lust zu leben.

»Du warst total verliebt, und ich habe nichts gemerkt! Ich war sicher, du könntest mich nie betrügen und erst recht keinen Anderen lieben.«

»Das dachte ich auch. Es hat mich einfach so überfallen, ohne Vorwarnung …«

»Und dann wolltet ihr einfach abhauen, wie im Film?«

»Heute, mit etwas Abstand, ist mir klar, dass es verrückt war. Obwohl ich ihn erst einen Monat kannte, war ich bereit, alles für ihn aufzugeben. Ohne an die Folgen zu denken. Ich verdrängte den Gedanken daran, wie sehr ich euch wehtun würde. Außer ihm war nichts mehr wichtig. Ich war wie in Trance.«

»Etwas mau für eine Entschuldigung, oder? Du warst für nichts verantwortlich, die ›Droge der Liebe‹ hat dich verleitet abzuhauen und dich nicht mehr zu melden?«

»In gewisser Weise, ja.«

Anaïs starrt auf den Boden.

Die ersten Wochen in Essaouira waren wunderbar sorglos. Anaïs fing an, einen Roman zu schreiben. Morgens wanderten sie am Meer, abends aßen sie Tajines in einer Bretterbude am Strand, dann brachte eine Nachbarin ihr bei, wie man sie selbst zubereitet. Stundenlang beobachtete sie die Schnitzer beim Bearbeiten des Thuyaholzes …

Eine Idylle, die nicht von Dauer war.

Patrick sprach oft von einer Frau, die er nicht vergessen konnte. Sie hatten sich ein paar Jahre zuvor getrennt. Das war auf die Dauer belastend. Das Schlimmste war, dass die Routine sie bald aus dem Traum erwachen ließ. Im Alltag gab er sich immer weniger Mühe und kümmerte sich kaum noch um sie.

Plötzlich lacht sie, weil sie weiß, dass sich Pierre über ein Detail amüsieren wird.

»Nach drei Monaten rannte er den ganzen Tag nur noch im Trainingsanzug rum.«

»Armselig!«, ruft Pierre bissig und schielt dabei auf seine schmutzigen Jeans.

Anaïs wird wieder ernst. Die kurze Leidenschaft der ersten Zeit verflog. War es das wert? Als sie Sophie schrieb und die Beziehung gestand, wurde ihr bewusst, wie falsch alles klang.

»Also liebst du ihn nicht mehr?«

»Ich habe eine Illusion geliebt, Pierre. Seit einem Monat habe ich nur noch den Wunsch, euch wiederzusehen. Ihr fehlt mir so. Zuerst habe ich euch geschrieben. Und heute früh habe ich meinen ganzen Mut zusammengenommen. Ich habe euch angerufen, aber ihr wart nicht da. Da habe ich mir Sorgen gemacht und meine Mutter angerufen. Sie hat mir erzählt, dass ihr mit dem Auto losgefahren seid, um mich zu finden. Diese Vorstellung war unglaublich. Zu wissen, dass ihr in dem Moment, wo ich euch anrufe, die marokkanische Grenze passiert! Das ist doch ein Zeichen, glaubst du nicht?«

»Ich bin bereit, alles zu glauben, was du willst. Wenn du nur zu uns zurückkommst!«

34

Die Fischer und Touristen drehen sich nach diesem seltsamen Grüppchen um, das unter Freudengeschrei am Hafen herumhüpft. Eine Frau in violetter Bluse hebt ein kleines brünettes Mädchen hoch und lässt es mit beeindruckender Leichtigkeit kreisen, während ein alter Mann die beiden mit strahlendem Lächeln betrachtet.

Er humpelt zu ihnen. Sein Ischias gibt seit dem Weg zum Friedhof keine Ruhe mehr, aber er beachtet ihn nicht; er ist glücklich, kein Schmerz wird je wieder Macht über ihn gewinnen.

Manon streckt ihm die Hand hin.

»Sag mal, wir träumen doch nicht, oder? Anatole, schwörst du mir, dass wir nicht träumen?«

»Nein, wir träumen nicht. Wir sind in Larache, und was wir eben gesehen haben, ist Wirklichkeit. Guck mal, ich kneife Sophie, um es dir zu beweisen.«

»Aua! Sie wollen sich doch bloß für die tausend Zigaretten rächen, die ich Ihnen ins Gesicht gepustet habe!«

»Und für die Brioche. Im Rinnstein.«

Sie lachen beide. Manon zieht an Anatoles Ärmel.

»Sag mir, was du gesehen hast! Ich will ganz sicher sein.«

»Aber klar doch. Ich habe gesehen, wie sich deine Mutter und dein Vater geküsst haben.«

»Das Wichtigste hast du nicht gesagt! Auf den Mund?«

Sophie und der Alte nicken.

Begeistert beobachtet Manon ihre eng umschlungenen Eltern.

Sie überlegt, ob sie zu ihnen rennen soll, bleibt dann aber lieber stehen und sieht ihnen zu.

Während die Sonne im Meer untergeht, kommt das wieder vereinte Paar auf die drei zu. Der Himmel erstrahlt in prächtigen Farben, als wollte er ihr Wiedersehen feiern.

Als Pierre und Anaïs näherkommen, lösen sie sich in einem kurzen Anflug von Scham voneinander. Aber ihre Hände finden sich sogleich wieder, als schmerzte es sie, den anderen nicht zu berühren. Manon bemerkt, dass sie ihre Finger ineinander verschränken, wie echte Verliebte. Sie kann sich nicht erinnern, dass sie das schon mal gesehen hat.

Etwas verlegen ergreift Anaïs das Wort:

»Ich muss mich bei euch entschuldigen, dass ich einfach so weggegangen bin, ohne etwas zu sagen. Ihr dachtet, ich bin … ertrunken oder in schlechte Hände geraten, ich habe mir nicht klargemacht, wie besorgt ihr seid, und wie sehr ich euch wehgetan habe.«

Pierre fügt leicht ironisch hinzu:

»Ja ja, die Leidenschaft hat ihr den Kopf verdreht, sie hat jeden Realitätssinn verloren. Anatole, Sie sind unser Gelehrter. Was meinen Sie dazu?«

Der Alte hält Anaïs' hoffnungsvollem Blick stand, er spürt, wie seine inneren Widerstände zusammenbrechen.

»Ich gebe zu, dass ich Ihr Verhalten nicht verstanden habe. Aber Ihr Bedauern scheint aufrichtig. Und ich glaube, man kann Ihnen verzeihen, wissen Sie weshalb?«

»Nein, sagen Sie es mir.«

»*Einen dermaßen von seiner Leidenschaft überwältigten Menschen moralisch beurteilen zu wollen, bedeutete die gleiche Sinnlosigkeit, als wollte man ein Gewitter zur Rechenschaft ziehen oder einen Vulkan vor Gericht stellen.* Das ist von Stefan Zweig, einem meiner Lieblingsautoren.«

»Letztendlich kommst du gut davon«, mischt sich Sophie ein und legt ihr den Arm um die Schulter. »Wir erklären dich einstimmig für unzurechnungsfähig.«

»Ich schäme mich so! Es ist absurd, aber während ich in dieser Krise steckte, wo für die Vernunft kein Platz mehr war, habe ich viele Romane und Gedichte gelesen. Einige, wie die von Jean Lahor, bestärkten mich in meiner Lust, alles den Bach runtergehen zu lassen und das Leben zu genießen.«

»Sie hatten die Rückendeckung der Literatur, das ist interessant. Wissen Sie noch, welche Verse Sie inspiriert haben?«, fragt Anatole, der diesen verkannten Dichter sehr schätzt.

»Ja, ich habe sie so oft gelesen, dass ich sie auswendig kann.«

Sie zitiert einen Vers und gleich darauf wird ihre helle Stimme von einem Bariton begleitet, während im Hintergrund der Himmel mit der untergehenden Sonne zu brennen scheint.

Träume und Liebe, nur sie sind real:
Das Leben, es ist ein Blitz, der erlischt
der kurz nur am Himmel erstrahlt
und danach im Raum sich verliert.

Einzig die Leidenschaft,
mit ihrem Feuer, erhellt
Unser sterbliches Auge vor der
Ewigen Nacht, in der die Seele vergeht.
(…)

Vor uns klafft drohend das Loch:
Bring, eh in den Abgrund du stürzt,
Dein Nichts zum Leuchten, wenn du
liebst, träumst, begehrst und leidest!

Gerührt lässt Anaïs Pierres Hand los und gibt dem alten Mann einen Kuss auf die Wange. Er errötet wie ein Schuljunge.

»Ist irgendwann gar nichts mehr von uns da?«, fragt Manon.

»Das weiß man nicht. Manche glauben das, andere denken, dass unsere Seele uns überlebt«, erklärt Anatole.

»Ich will, dass wir genau so bleiben, wie wir jetzt sind.«

Anaïs drückt sie fest an sich.

»Wisst ihr, es ist ein komisches Gefühl, so lange weg gewesen zu sein und euch jetzt wiederzusehen. Einerseits kommt es mir vor, als hätte ich euch nie verlassen, andererseits entdecke ich euch auf ganz neue Weise, als würde ich euch zum ersten Mal begegnen. Mir fallen so viele Kleinigkeiten auf, für die ich kein Auge mehr hatte! Ohne meine Flucht hätte ich nie gemerkt, wie sehr ich an euch hänge, wie lieb ich meine Tochter habe, die ich kaum noch beachtete, und dich, Pierre.«

Er küsst sie auf den Hals, vergräbt sein Gesicht in ihren Haaren; er beherrscht es inzwischen meisterhaft, seine Tränen zu verbergen.

»Der Kleine Prinz spricht auch davon. Erinnerst du dich, Anatole?«, fragt Manon.

Der alte Mann und das kleine Mädchen wechseln einen Blick, nehmen sich bei der Hand und fliegen davon. Ohne sich voneinander zu lösen, eilen sie von Stern zu Stern, bis zu einem kleinen Planeten, auf dem sie zwischen drei Vulkanen, einem Schaf und einer Rose einzigartige Gedanken austauschen:

»Die Menschen bei dir zu Hause pflanzen fünftausend Rosen in ein und denselben Garten …«

»Und sie finden darin nicht, was sie suchen …«

»Und doch könnten sie das, was sie suchen, in einer einzigen Rose finden oder in einem Schluck Wasser …«

»Aber die Augen sind blind. Suchen muss man mit dem Herzen.«

Sophie zündet sich eine Zigarette an, um ihre Rührung zu verbergen.

»Ich habe ja gesagt, dieser Junge ist depressiv. Na gut, es ist schön, auch Kleinigkeiten schätzen zu können, aber was machen wir jetzt?«

»Also, wir fahren nicht gleich wieder nach Hause«, verkündet Pierre.

»Wie? Was habt ihr euch denn jetzt ausgedacht?«, fragt Sophie.

»Folgendes: Wir werden in den nächsten drei Monaten, bis für Manon wieder die Schule anfängt, eine kleine Weltreise machen. Es gibt so viele Orte, von denen wir seit langem träumen.

Als wir geheiratet haben, hatte ich Anaïs ein aufregendes, exotisches Nomadenleben versprochen, aber dann haben wir es nicht weiter als bis Paris und in die Bretagne geschafft. Wir lassen euch das Auto für die Rückfahrt nach Nantes da. Sophie, du kannst ja fahren. Wir nehmen das Flugzeug, denn auf uns warten Australien, Asien, die USA …«

Glücklich und überrascht entdeckt Anaïs den Pierre wieder, in den sie sich verliebt hat, den Verrückten, den Spinner, den Abenteurer, den Romantiker.

»Wenn wir es aufschieben, versinken wir wieder im Alltag und werden uns diesen alten Traum nie erfüllen.«

Manon sieht traurig zu ihrem alten Freund und vergisst für einen Moment ihr Glück. Er ist erschöpft und am Ende seiner Reise angelangt.

Anatole weicht Manons Blick aus.

Er hört, wie die Wellen gegen die Boote schlagen. Die Möwen sind verstummt, die Fischer nach Hause gegangen, keine Kisten, keine Kiele schlagen mehr aneinander.

Die bunten Kutter, die ins Meer hinausfuhren und beladen mit zappelnden Fischen zurückkamen, sind ihre Last losgeworden. Das Licht der Laternen spiegelt sich in der dunklen Wasseroberfläche, eine anmutige Stille erfüllt die schwüle Luft.

Morgen wird der Hafen zu neuem Leben erwachen. Der Ruf zum Gebet wird in der Stadt erklingen. Die Muezzine werden auf ihren Minaretten singen und ihre Stimmen werden die Träume zerreißen, den tiefsten Schlaf durchdringen. Der Geruch von Minztee wird sich verbreiten. Die Menschen werden sich wieder auf den Weg machen, für ein paar Tage, ein paar Monate, ein paar Jahre noch, ehe die Dunkelheit und die Erde sie endgültig verschlingen, ehe die Sonne für sie eines schönen Morgens nicht mehr aufgeht.

 Anatole dreht sich zu Manon um.

»Wir sehen uns bald wieder. Wenn du zurückkommst.«

»Du wirst mir fehlen.«

Mit einem Lächeln beugt er sich zu dem Mädchen hinab, das in ihm das Lebensfeuer noch einmal entfacht hat.

»Jeden Abend, wenn ich zum Himmel schaue, werde ich an dich denken. Kurz bevor die Bäume ihre Reise durch die Nacht antreten.«

Manon greift nach der Hand des Alten und presst sie an ihre feuchte Wange, während Sophie ihre Zigarette ausdrückt.

Die Rauchschwaden verschwinden im letzten rötlichen Schein des Horizonts.

Zitatnachweise:

Seite 149: Guy de Maupassant: *Der Horla*. Übersetzt von Georg Freiherr von Omptеda. Fleischel, Berlin 1919.

Seite 176/177: Jean Genet: »Das Totenfest« aus: Genet, Jean: *Werke in Einzelbänden*. Band 3. Übersetzt von Marion Luckow. © Merlin Verlag, Gifkendorf 2000.

Seite 185: Antoine de Saint-Exupéry: *Gesammelte Schriften*. Band 3. Übersetzt von Oswald von Nostitz. © 1959 Karl Rauch Verlag GmbH & Co. KG Düsseldorf.

Seite 194: Stefan Zweig: *Maria Stuart*. Insel Verlag Berlin 2013.

Der Auszug aus dem Gedicht »Toujours« von Jean Lahor auf Seite 195 stammt aus Lahor, Jean: *L'Illusion*, und wurde von Claudia Steinitz übersetzt.

Die Zitate aus *Der Kleine Prinz* sind folgender Ausgabe entnommen: Antoine de Saint-Exupéry: *Der Kleine Prinz*. Mit Zeichnungen des Verfassers. Übersetzt von Elisabeth Edl. © 1950 und 2012 Karl Rauch Verlag GmbH & Co. KG, Düsseldorf.

»Ein Buch wie ein pochendes Herz.«
The Star

In den weiten Wäldern Kanadas wachsen die Schwestern Maggie und Jenny behütet auf. Sie lieben die Ausflüge zu den Seen, sammeln Pilze und Beeren. Doch die Welt der beiden gerät aus den Fugen, als der Vater bei einem Unfall ums Leben kommt und die Mutter die Schwestern bei einer fremden Familie in Obhut gibt – vorübergehend sagt sie, doch die Mutter kehrt nicht zurück. Auf sich gestellt, entwickeln Maggie und Jenny einen ungeahnten Überlebenswillen – stets begleitet von der Sehnsucht nach ihrer Mutter. Einige Jahre später macht sich Maggie schließlich auf, sie zu suchen. Sie kehrt zurück in die mächtigen Wälder, an die Orte ihrer Kindheit …

»Eine subtile und atmosphärisch dichte Familiengeschichte, ein dramaturgisch geschickt aufgebauter Roman über den dramatischen Aufbruch einer jungen Frau ins Leben.« *NDR1*

Frances Greenslade, Der Duft des Regens. Roman. Aus dem kanadischen Englisch von Claudia Feldmann. it 4255. 366 Seiten

NF 189/1/9.13

NF 184/1/9.13

NF 183/1/9.13

Eine englische Affäre …

England, 1936. Die 19-jährige May Thomas ist gerade aus Barbados angekommen und tritt eine Stelle als Chauffeurin bei Sir Philip Blunt an. Dort trifft sie auf den Oxfordstudenten Julian, für den sie schon bald mehr empfindet, als ihr erlaubt ist. Zur selben Zeit hält die lebensfrohe Amerikanerin Evangeline Nettlefold Einzug bei den Blunts und sorgt auf Anhieb für jede Menge Ärger: Sie steht in engem Kontakt mit Wallis Simpson, deren Affäre mit dem König nicht nur die Skandalpresse in Alarmbereitschaft versetzt. May taucht immer tiefer ein in die Verstrickungen der gehobenen Gesellschaft und findet sich bald in einem einzigen Gefühlschaos wieder …

»*Als Mrs. Simpson den König stahl* ist witzig, romantisch und sehr detailgetreu – ein tolles Debüt von Juliet Nicolson, das man in einem Rutsch durchliest.« *Freundin*

Juliet Nicolson, Als Mrs. Simpson den König stahl. Roman. Aus dem Englischen von Hans-Christian Oeser. it 4237. 392 Seiten

NF 186/1/9.13

NF 185/1/9.13